U0002001

致青春 076

草莓印

（03）

不止是顆菜　著

高寶書版集團

第二十二章　同居

直到沈星若轉身進了洗手間，陸星延還久久不能回神。

——沈星若主動親他了。

雖然只是親臉，但明顯和之前那次硬撐著一口氣撞上他的臉是不一樣的，國文和英語裡是怎麼說的？語言有感情色彩，那這也該算是動作的感情色彩。

也不知道怎麼回事，其實只是輕輕碰了一下，陸星延卻覺得左邊臉頰上柔軟的觸感揮之不去。

就在陸星延失神的時候，杭杭小朋友悄無聲息地停止了哭泣。

——他實在太累了。

兩歲半的小腦袋瓜實在想不明白，在家的時候明明只要他扁扁嘴，爸爸、媽媽、爺爺、奶奶就緊張得和什麼似的，要什麼給什麼。

可出來玩，大人都不理他。

他又累又委屈，淚眼婆娑的，兀自傷心了一下子，又對陸星延做了個鬼臉，然後噔噔噔下床去拿玩具了。

小朋友腿短，走路一搖一晃。

他抱起一堆玩具往回走的時候，重心不穩，不小心往後一仰，啪嘰一下，一屁股坐在了地上。

沈星若從洗手間出來時剛好看到這一幕。

陸星延也被他摔跤的聲響扯回了思緒。

可沒等沈星若和陸星延上去扶，杭杭小朋友又非常自強不息地爬了起來，然後紅著眼睛，奶聲奶氣說了一句完整的話：「叔叔、姐姐，我受傷啦，快送我去醫院吧！」

「……」

「……」

陸星延抬眼瞥了沈星若一下，上前幫杭杭小朋友撿起玩具，輕哂一聲，調侃：「你可真是嬌貴啊。」

他將玩具往床上一扔，揉了揉小哭包的腦袋，朝人勾勾手，「過來，叫哥哥，哥哥陪你玩。」

有人陪玩，小哭包的眼睛一下子亮了。

他那剃了個西瓜太郎頭的小腦袋點了點，毫無原則地改口道：「哥哥！」

喊完還笑彎了眼，露出一排可愛的小米牙。

這位杭杭小朋友在家一向是小少爺，玩遊戲的時候特別注重儀式感和集體參與感，一家人必須整整齊齊。

所以陸星延答應陪他玩之後，他還不甚滿足，固執地把沈星若也一起拖了過來。

人都到齊了，他思考了兩秒，指了指陸星延，頗有領袖風範地安排道：「你是怪獸！」

陸星延挑眉，視線略轉，又問：「那她是什麼？」

「超人呀！」小杭小朋友看了沈星若一眼，不假思索道。

陸星延：「為什麼她是超人我是怪獸，我不想當怪獸，讓她當怪獸，我和你一起打倒她好不好？」

杭杭小朋友會說的話還不是很多，對長句子的理解也有些緩慢。

被陸星延繞了一通，他懵懂點點頭，過幾秒想明白了，又連忙搖頭，固執道：「不不不！你是怪獸！姐姐好看！是超人！」

陸星延挑眉，做出一副勉為其難答應的樣子。

然後毫無預兆將走近的沈星若往懷裡一拉，抱住。

又對杭杭小朋友說：「你看，超人已經被我抓住了。」

杭杭小朋友：「……」

他那葡萄似的大眼睛眨了眨。

感覺有一點點不對，但也說不出到底是哪裡不對。

陸星延雖然存著占便宜預支福利的小心思，但也忌憚沈星若會甩他巴掌，所以抱得很輕，有點像是虛摟，只堪堪扶住她的腰，並不親昵。

而且他很快就放開了，不等沈星若發作，他已經抱起了杭杭當擋箭牌，陪著人一起玩直升機遊戲。

陽光正好的大半個下午，兩人就這麼莫名其妙地淪為了陪玩NPC，被指使著前前後後行動。

小朋友精力旺盛，思考也很跳脫。

剛玩完一輪醫生看病，杭杭又安排兩人當囚犯。

他嚴肅地用玩具槍指著兩人，將人趕到床上躺好，還讓人擺成雙手向上舉起的投降姿勢。

並排躺在床上，兩人距離很近。

手更是直接靠在了一起。

沈星若想要起來，小朋友的玩具槍又對準了她，奶凶奶凶地命令道：「不許動！」

沈星若：「……」

陸星延瞥了再次躺下的沈星若一眼，漫不經心地說：「躺著有什麼不好，這可是最輕鬆的一個遊戲了。」

見陸星延這喪權辱國沒有自尊還很自在的樣子，沈星若推開他的臉，「閉嘴。」

累了大半個下午，傍晚時分，杭杭小少爺終於被他奶奶接走了，一起被接走的還有小孔雀。

離開前陸星延還交代杭杭小朋友，要好好照顧小孔雀，這是他的寶貝兒子。

杭杭小朋友雖然不是很明白一個人為什麼能生出一隻孔雀，但還是鄭重其事地點了點頭。

小孔雀像是能聽懂人話般，也跟著叫了一聲。

陸星延拍拍牠的羽冠，「好了，你就別叫了，叫得比雞還難聽，以後安靜一點。」

小孔雀不服氣，又叫了一聲。

諸事安排妥當，沈星若和陸星延也收拾好行李，在開學的前兩天搬進了星河灣。

他們住在隔壁。

兩間房間都有朝外延伸的窗臺，還是朝同個方向的，距離很近，只要將窗簾拉開就可以聊天。

如果沒有隱形防盜窗的話，陸星延都能輕輕鬆鬆翻過去。

平日沈星若洗完澡喜歡去陽臺吹風，搬到星河灣這邊，她洗完澡也照例往陽臺上走。

沒想到剛好遇上陸星延坐在陽臺打遊戲。

其實陸星延是知道沈星若有這個習慣，特地坐在這裡等的。

見沈星若穿了件好久不見的細肩帶碎花睡裙，他把玩著手機，懶洋洋地調侃了一聲，「又穿這麼少。」

他的眼神從上至下打量。

在隆起的胸脯，還有兩條白嫩光潔的小腿上停留最久。

沈星若冷冷地睇他，一言不發地回房。

等了大半個小時沒再見到沈星若出來，陸星延以為她不會再出來了，乾脆去客廳連線打了一陣子遊戲。

等他晚上回房睡覺，順便往陽臺看一眼的時候，發現沈星若朝向他這一面的陽臺窗上被密密麻麻地貼了一堆——英文單字。

從 abandon 開始，一路貼到 concept，全是高頻率重點詞彙的小卡片。

中間甚至還夾雜著一篇他死活背不起來的《琵琶行》。

靠……

「欸，沈星若。」他隱隱約約看到單字和《琵琶行》後有人影，似乎是坐著的，「沈星若？」

不鳥他。

陸星延無語，本來想去敲沈星若房門，可身體都轉完了方向，他忽然想到什麼，又頓了頓，然後站到窗臺邊，「喂」了一聲，散漫地說：「沈老師，妳是要我每天念幾遍《琵琶行》是吧，好。」

他也不從頭念，直接從中間開始，「輕攏慢撚抹復挑，初為《霓裳》後《六么》。」

沈星若頓了頓。

「間關鶯語花底滑，幽咽泉流水下灘。冰泉冷澀絃凝絕，凝絕不通聲暫歇。」

陸星延的聲音散漫輕挑，一篇正經的古文，被他挑三揀四念出其中一小部分，忽然給人一種不正經的感覺。

有點奇怪。

「銀瓶乍破水漿迸，鐵騎突出刀槍鳴……」

忽然，那張《琵琶行》被扯了下來，沈星若透過一張A5紙大小的空隙與他對視，面無表情道：「滿腦子黃色廢料。」

陸星延念的時候，她已經搜尋到了。

冷冷罵完一句，她很快消失。

再回來的時候，又往原先的《琵琶行》處貼上了一張《桃花源記》。

陸星延直接笑出了聲，「不是，沈老師，妳確定讓我念這個？」

「忽逢桃花林，夾岸數百步，中無雜樹，芳草鮮美……」

「啪」一下，《桃花源記》又被撕了下來，換上了另外一張《茅屋為秋風所破歌》。

陸星延終於安靜了。

住進星河灣的第二天，也就是開學的前一天，沈星若被王有福一道聖旨，提前召回學校做事。

——這是好學生和受老師喜歡的學生常有的待遇。

陸星延想一起去，沈星若卻幫他安排了一份數學模擬試卷，限時一百二十分鐘做完，還煞有其事在他桌上豎了個沙漏。

他們這學期升上高三，也自然而然地搬到了第三教學大樓。

第三教學大樓坐落在明禮校園比較安靜的一個角落，大樓外牆是磚紅色的，比起第一、第二大樓顯得要舊上不少，不過也幽靜不少。

老師也集體遷了辦公室。

王有福正是因為遷辦公室，才叫班上幹部和幾個好學生一起過來幫忙。

沈星若被分配到的工作還挺輕鬆，就是坐在辦公室裡，吹著冷氣，幫王有福貼學生手冊上的成績和評語條。

期末考試的成績已經出來了。

沈星若又毫無懸念地拿下了年級第一，不過期末考難度不大，她和考了年級第二的何思越只差五分。

看完自己的成績，沈星若一路下拉到班排名的最末尾，然後再緩慢地往上滑。

三七九。

三八四。

四一五。

四二七。

一路拉到四百五，她都沒看到陸星延，她還在想是不是陸星延的成績沒登錄進去，然後她再往上翻了翻——陸星延，總分四八八，班級排名四十九，年級排名一一九一。

雖然還是穩定在班上倒數十名之內，但他考了四八八，比起之前的分數實在算是很大的飛躍。

這成績拿到普通班，大概能算得上是中下游了。

這時王有福整理完一疊檔案，拿起保溫杯喝了口茶，也湊過來看成績單。

他欣慰地指了指陸星延的成績，說：「陸星延這次進步很大啊，平時公民十次有十一次不及格，這次竟然考了七十！」

「妳知道嗎我還特地把他的試卷翻出來看了看，雖然很多地方還是狗屁不通的，但是能看出來有在認真答題啊，大題都寫了好幾個重點！妳說這小子正經的不好，小聰明倒是使得勤，每個大題都給我加上一句什麼堅持實事求是，腳踏實地……」

「……」

沈星若點點頭，沒接話。

王有福又說：「欸這學期的座位我重新排了一下，沈星若，妳還願不願意和陸星延一起坐？」

「我本來想把他調開的，但我看他跟妳坐，還是學到了好榜樣，期末考試不是就進步了很多嘛，所以我暫時還沒調，看看妳是什麼想法。我看妳們表兄妹坐在一起其實也挺好，換了別的人，還壓不住他！」

自從上次家長會後，王有福就一廂情願地以為沈星若和陸星延是表兄妹。

之前沈光耀來找他談話，也提到了沈星若現在住在陸家，但沒多說別的，王有福也沒問，直接將猜測轉化成了既定事實。

「……王老師，我和陸星延不是表兄妹。」

王有福：「……什麼？」

剛好何思越和翟嘉靜一前一後進了辦公室，沈星若也沒再多解釋，只說：「王老師，不用換的，沒關係。」

陸星延在家，並不知道沈星若和王有福已經就著座位問題打過商量，寫完選擇題，他打開手機，視奸狐朋狗友群組的新訊息。

本來大家都在說自己在學校旁邊租的房子怎麼怎麼樣，不知是誰忽然提了一句座位，陸星延這才後知後覺想起這件事。

開學就是新的學期了，班上肯定要換座位，那他和沈星若大概是沒辦法繼續坐在一起了。

邊賀今天也在學校幫王有福的忙，他在群組裡說了一句，『其實座位安排表已經出來了，我路過教室的時候看了一眼，就貼在講臺上，我和翟嘉靜坐。』

一時間群組裡訊息滾個不停，說他運氣好竟然跟翟嘉靜坐什麼的。

一直潛水的陸星延也冒了個泡。

陸星延：『@邊賀，兄弟，幫忙拍個座位表的照片。』

邊賀：『我現在在外面幫王老師買東西，等一下回學校拍給你。』

陸星延等不了了，又傳訊息給沈星若。

沈星若剛好在貼他的評語條，王有福也算是盡力了，勉強找了幾個優點，還十分違心地美化了一下。

評語上寫「該同學團結友愛」，她覺得原意應該是狐朋狗友拉幫結派。

評語上還寫「性格活潑開朗」，是挺活潑開朗的，一言不合就要帶著他的狐朋狗友們一起打群架。

還有「上課態度認真，在高二下半學期有了長足進步」之類的，三百多分的成績進步空間實在是太大了。

她邊腹誹邊快速掃完，又用口紅膠將評語條固定好。

等到拿起下一本學生手冊，她才看到放在旁邊的手機一直在往外冒新訊息。

陸星延：『沈星若，妳在幹什麼？』

陸星延：『聽說座位表已經出來了，妳去教室拍一張座位表的照片，看看我這學期的隔壁桌是什麼神仙。』

陸星延：『沈星若？』

她放下口紅膠，回覆：『試卷寫完了嗎？』

陸星延敷衍了兩個字，『快了。』

沈星若：『你拍試卷，我拍座位表。』

陸星延：『……』

聽起來怎麼那麼像一手交錢一手交卷，那還不如等邊賀回教室。

他回了一個「告辭」的貼圖給沈星若，將手機扔到一旁，繼續寫試卷。

半小時後，還是邊賀先傳來了座位表的照片，陸星延半瞇起眼掃了一圈，一眼就看到前排自己的名字和沈星若靠在一起，非常登對、非常矚目。

王有福是什麼神仙班導。

看樣子上學期的周邊沒白買啊。

他又騷擾沈星若。

陸星延：『（圖片）』

陸星延：『沈老師，我們又是鄰居了。』

陸星延：『妳知不知道，這就叫千里姻緣一線牽。』

沈星若：『……』

沈星若：『試卷寫完了？』

陸星延：『……』

陸星延：『妳能不能別掃興，再說了，我總要休息一下，只剩最後幾大題了。』

沈星若：『你怎麼不到升學考考場上去休息，這和打仗的時候坐在敵人的炮堆裡歇歇腳有什麼區別，你是不是還要泡一壺羅漢果菊花茶養養生，你就這麼喜歡找死嗎？』

陸星延：『okok，我閉嘴。』

陸星延：『（仙女大人消消氣.gif）』

翟嘉靜見沈星若拿著手機聊天聊得認真，好奇問了一句，「星若，妳在幹什麼？」

沈星若抬頭，斂起不自覺往上彎起的唇角，聲音很輕，「沒什麼。」

她的手機快沒電了，也就沒再回覆，將手機放到一旁，繼續貼評語。

星城夏日的天氣總是多變。

沈星若出門的時候還豔陽高照，地面炙烤得發燙，樹葉也都被曬得無精打采，往下垂著。

轉眼到了傍晚，天邊紅霞還未淡去，就劈哩啪啦下起了豆大雨點。

原本看起來挺像太陽雨的，可烏雲很快將霞光遮蔽，天空蒙上一層鉛灰色，然後開始電閃雷鳴，雨勢也更大了。

周姨正在準備晚飯，見外頭忽然下起瓢潑大雨，連忙解了圍裙，嘮嘮叨叨說：「星若沒帶傘出門呀，我去學校門口接接她，我的手機呢……」

陸星延剛好寫完試卷，從洗手間出來，也聽見了下雨聲，於是接過周姨的話，「我去接吧，周姨妳別自己淋濕感冒了，剛好我還要買點東西。」

周姨一想，「也可以，你接到星若快點回來，我幫你們做飯。」

陸星延點頭，撈起手機，在玄關換了鞋，拿傘出門了。

他原本是要拿那把大黑傘，大黑傘特別大，遮三個人都沒問題。

他又想到拿一把小一點的，兩人撐一把就能靠得近一點，於是最後挑了旁邊一把墨綠色雨傘。

下了電梯，他打沈星若的電話。

電話那頭卻傳來機械的女聲提示：『您所撥打的電話已關機，The number……』

不用想也知道是沒電了。

沈星若別的習慣都很好，就是出門不喜歡帶行動電源和充電線。

不過她本來就不是愛聊天玩手機的人，所以半路關機的情況也出現得並不頻繁。

他又打電話給邊賀。

邊賀說自己已經走了有一陣子了，王有福的事情差不多忙完了，沈星若他們大概也要離開了。

陸星延沒再耽擱，撐開傘就往外走，一路上還特別留心屋簷底下這類可以躲雨的地方。

也不知道是雨下得太密還是伴了霧氣，總感覺霧濛濛的，人和路都看不太清楚。

走到明禮校門口，忽然有人叫他，「陸星延！」

是女生的聲音。

陸星延循聲望去，女生正站在警衛室那看著他。

他覺得眼熟，想了好幾秒，才想起這是他們班的翟嘉靜。

翟嘉靜像是鼓足了勇氣才喊了他一聲，手裡抱著一疊書，一副嬌嬌怯怯的模樣。

陸星延抬了一下手，算是打招呼。

他和翟嘉靜完全不熟，本來覺得打招呼一下就沒事了，可他忽然想起這女的和沈星若之前是同寢室的室友，於是走近喊了一聲，「翟嘉靜。」

翟嘉靜溫柔地彎了彎唇，眼睛亮晶晶的。

她想說點什麼，陸星延卻沒心思寒暄，打完招呼就開門見山地問：「妳看見沈星若了嗎？」

翟嘉靜唇角的笑稍稍一僵，不過片刻後又恢復自然，「星若啊……看見了，她今天也在辦公室幫忙。」

陸星延：「她人呢？」

翟嘉靜見他打著傘，忽然答非所問道：「你……是來接星若的嗎？」

陸星延沒回答。

可翟嘉靜心裡已經有了答案。

她本想說沈星若已經走了，但她並不確定陸星延會不會願意共傘送她一段路。

於是話到嘴邊又變成了——

「星若她可能還要一陣子才會出來，何思越找她，他們好像有什麼事情要說。」

陸星延聽了，面上也沒什麼表情變化，只是將目光從她臉上移開，懶得再多說半句話，直接往裡面走。

「陸星延……」翟嘉靜沒想到他就這樣走了，追著喊了一聲。

可陸星延腿長，步伐也邁得大，這一恍神已經走離了不短的距離。

而且雨聲也將她的聲音遮了大半。

她看著陸星延的背影，咬了咬下嘴唇。

陸星延走到第二教學大樓和第三教學大樓的分岔路口時，稍微停了一下。

今天是從第二教學大樓搬東西去第三教學大樓，搬完了的話，那應該在第三教學大樓的可能性比較大。

他正打算往第三教學大樓的方向邁步，目光掠過前方，忽然停住。

——沈星若正和何思越共用一把傘，有說有笑往外走。

說的確是有說的，一起共撐傘總不可能默不作聲，但有笑這一點完全是陸星延自己加油添醋的杜撰幻想，沈星若一整天都難得笑兩下，哪裡會跟人嘻嘻哈哈。

陸星延站在岔路口。

何思越和沈星若很快就注意到他。

何思越笑了笑，還朝他打招呼，「陸星延。」

陸星延瞥他一眼，又看向他身邊的沈星若。

沈星若也在看他，兩人目光交匯，前者神色如常，後者卻是反常的冷淡。

何思越又問：「雨這麼大，你來學校做什麼？」

陸星延的視線不著痕跡轉回到何思越身上，又從下往上移，淡淡與他對視，「接人。」

何思越了然地點點頭，沒多問，「那我們先走了，明天再見。」

然後他又和沈星若說：「走吧。」

陸星延聽到沈星若「嗯」了一聲。

很快，兩人與他錯身，繼續往校門口的方向走了。

其實沈星若沒想過陸星延會來接她。

這時她神色平靜，可越往外走，越覺得心裡有點怪怪的，和何思越說話也有些心不在焉。

陸星延面無表情地望著兩人的背影漸行漸遠。

過了好一陣子，緩緩抬步，遠遠地跟在後面。

路過校門口的時候，翟嘉靜還等在那，見他出來，欣喜地喊了一聲。

其實翟嘉靜看到何思越和沈星若出來，就迅速想到了什麼，特地躲了躲，沒讓兩人注意到她。等陸星延出來她才喊。

陸星延目光寡淡，「有事？」

翟嘉靜好像有點不好意思，說話略微吞吐，「那個，陸星延，你能帶我出去嗎？我沒帶傘……我去對面店裡買一把傘就好了。」

「傘小了，不方便。」

說完他直接將傘扔給了翟嘉靜。

出門前計畫得好端端的要和沈星若共撐一把傘，沒撐上就算了，還要看著沈星若和別人共撐。眼前這綠雲罩頂還挺諷刺，乾脆扔掉，眼不見心不煩。

翟嘉靜一愣。

可陸星延連個多餘的眼神都沒給她，直接走進了雨霧中。

陸星延始終保持著不遠不近的距離跟在沈星若和何思越身後。

眼瞧著何思越將沈星若送至社區大樓下，又看著兩人依依不捨揮手作別，他扯了扯唇角。

沈星若沒有直接上樓。

她在樓下等了差不多有十分鐘，正打算進電梯的時候，陸星延忽然冷著一張臉，渾身透濕地進來了。

沈星若：「你的傘呢。」

陸星延：「壞了。」

他看都沒看沈星若一眼，錯身走進電梯。

沈星若微頓，也跟了進去。

是陸星延開的門。

周姨正在做菜，聽到兩人回來，在廚房打了聲招呼，也沒出來看。

沈星若想和陸星延說點什麼，可陸星延換下濕漉漉的球鞋就直接進了房間，還「砰」一下關上了房門。

晚飯陸星延也沒吃。

周姨敲門，他只說自己有點睏，餓了再出來熱，周姨嘮嘮叨叨一頓，又將飯菜放進電鍋裡，調成保溫狀態。

盛夏的雨來得快，去得也快。

一頓飯的功夫，地面有些地方都已經乾了。

周姨晚上要去超市採購，家裡只剩下沈星若和陸星延兩個人。

沈星若原本在客廳看電視，見周姨離開，她關掉電視，又走到陸星延房門口敲了敲。

「陸星延。」

房間隔音效果好，她附在門上仔細聽了聽，也沒聽見什麼聲音，順手轉了一下門鎖——竟然擰開了。

陸星延根本沒鎖房門。

她往裡面走了兩步，正四處找人，忽然聽到浴室玻璃門推動的聲響，她下意識轉頭，猝不及防見到陸星延下身包了一塊浴巾，上半身裸著，邊擦頭髮邊往外走。

沈星若進了房間，陸星延有些意外。

但他心裡還鬱悶著，也沒把意外表現在臉上，若無其事地路過沈星若，走到衣櫃前取了件T恤，然後當著她的面套上。

心裡還在想，怕什麼，好身材就是要秀出來。

大概是因為陸星延太過理所當然，本該害羞避讓的沈星若也沒來得及做出恰如其分的反應。

陸星延斜揶著覷她，「怎麼，妳還要看我換褲子？」

「……」

沈星若轉身，想要離開。

可陸星延忽然又從後面拉住她的手腕，然後順勢將她往懷裡帶了帶，再將人往衣櫃上一壓，語氣不太好——

「欸沈星若，妳沒什麼想解釋的嗎？我特地去接妳妳就和那個小白臉一起走了，妳的男朋友預備役還挺多啊。」

他靠得很近，也難得地散發出不悅的侵略氣息，像一頭即將暴躁的小獅子。

沈星若盯著他看了一陣子，忽然推了推他的肩膀，「你先換褲子。」

「不換了，我就要聽妳解釋。」陸星延也是鐵了心。

沈星若反問：「解釋什麼？」

這場雨本就下得突然，她的手機又沒電了，無法在教學大樓久留。

何思越恰好帶了傘，問到她現在住星河灣後，又說自己租的地方和星河灣順路，可以把她送進社區，她當然就答應了。

「我又不知道你會來接我，你難道要我跟何思越說，我和你住在一起，你是來接我的？」

「再說了，星河灣也沒幾分鐘路程。」

她連這些解釋都覺得很多餘了，解釋完還在想自己幹嘛要跟他講這些，不是男朋友管得比太平洋警察還寬了。

陸星延盯著她，「妳道理怎麼這麼多。」

「我本來就有道理。」沈星若再次推了推他，「行了，你讓開，我要去洗澡了。」

「那妳再回答我一個問題。」陸星延攔著不讓，「妳喜不喜歡何思越那個小白臉？」

沈星若：「你為什麼叫人家小白臉，他還沒有你白。」

陸星延皺眉，「行了那就小黑臉，妳不要說這些有的沒的，正面回答一下。」

兩人靠得很近，陸星延整個把她圈在自己臂彎裡，說話的時候，呼吸都灑在了她的臉上。

她推了推陸星延胸膛，本想說「關你什麼事」。

但她感覺自己明知道陸星延的話是什麼意思還這樣問，就顯得有點矯情。

甚至她覺得，自己之前顧左右而言他說一句「為什麼叫他小白臉」就已經很矯情了，不像自己會說出來的話。

於是乾脆給出一個陸星延想要的肯定答案：「不喜歡。」

得到沈星若的明確答覆，陸星延胸口憋著的那口氣忽然消散了。

沈星若：「讓開。」

可陸星延還是不讓，保持著圈禁的姿勢擋在她身前，目不轉睛地看著她。

忽然又說：「我去接妳了。」

沈星若：「……」

「但是妳不理我。」

「也沒有跟我一起回來。」

「我淋了雨。」

沈星若打斷道：「說重點。」

陸星延喉結滾動，聲音變得低了些，「我覺得我需要一點補償。」

說著，他俯身向前。

沈星若眼疾手快擋住他的唇，然後又踩了他一腳。

只不過她穿的拖鞋很軟，鞋底都是棉的，踩在陸星延腳上根本沒什麼感覺。

兩人隔著手掌四目相對。

一秒。

二秒。

三秒。

陸星延鼻腔上湧上一陣……熟悉又麻癢的感覺。

他想轉開臉，可沈星若以為他要換個地方繼續親，手也寸步不讓地跟著他的臉一起挪。

「啊噓！」

「啊噓！」

陸星延打噴嚏的時候，沈星若也跟著他的臉動了動。

等噴嚏結束，沈星若手上已經變得又濕又黏。

理智告訴沈星若這不可能只是口水，可將陸星延和鼻涕連結在一起，她忽然就有了種難以形容的幻滅感。

她的手沒挪開，也沒收回來。

事實上這隻被玷汙的手和陸星延的臉一樣，在這一刻已經成為了沈星若心中的不可回收垃圾。

曖昧氣氛驟然消退。

陸星延從沈星若的眼神中，已經察覺出自己的形象正在一寸寸崩塌。

不，他覺得還可以挽救一下。

於是他難得反應快速地用手捂住了沈星若的眼，「閉上。」

沈星若不聽話，他就從上至下，像是幫翹辮子的人安息那般，強行闔上了沈星若的眼皮。

緊接著他往後退，火速進了浴室。

前後不足十秒鐘，陸星延又出來了，清清爽爽乾乾淨淨，又是一枚圍著浴巾的色氣少年。

他很在意形象地撥了撥瀏海，拿著毛巾上前，幫沈星若擦手。

沈星若的手白而修長，像水靈靈的蔥根。

他沒幫人擦過手，動作不是很順，擦得很慢。

差點被強吻，又被噴了一手不明液體，沈星若本來累積了一頓脾氣要發，可不知怎麼的，她忽然又不想計較了。

垂眼看著陸星延幫自己擦手，她忽然問：「你的雨傘呢？幹嘛淋雨？」

「不吉利，扔了，扔給了我們班一個沒帶傘的女的。」

沈星若還想問問什麼不吉利，他忽然補了四個字，「傘是綠的。」

沈星若：「……」

是他能幹出來的事。

她的目光上移，見陸星延新換的T恤已經被他頭髮滴下來的水珠打濕，她拍了拍，說：「你換件衣服，把頭髮吹乾，不然要感冒了。」

陸星延：「那妳幫我吹。」

沈星若：「你做什麼夢。」

陸星延：「我是因為妳才淋濕的。」

沈星若：「你是因為你自己作怪才淋濕的，有病就吃藥。」

陸星延：「……」

沈星若一語成讖。

陸星延真的生病了。

次日便是開學，陸星延怎麼都起不了床。

沈星若在門口叫他叫不起來，以為他是不想去學校，還在門口訓了他一頓不思進取不學無術。

陸星延嗓子乾得要冒煙，又很疼，腦袋沉甸甸的，眼前也有些花。

聽沈星若在門口罵他，他強撐著起身，開門，聲音睏倦低啞，「別罵了。」

沈星若見他這病歪歪半死不活的模樣，愣了愣，下意識伸手摸一下他的額頭，「你發高燒了。」

周姨在廚房煮粥，她乾脆自己將陸星延扶進房間，然後又把人按到了床上。

陸星延渾身都很燙，可他還將被子往上拉了拉，說有點冷。

沈星若起身，從櫃裡拿了另一床厚被子給他，又仔細掖好被角，「多蓋一點，出一身汗應該就好了。」

說完，沈星若又想起身。

陸星延從被子裡伸出一隻手，抓住她，「妳去哪？」

沈星若：「拿藥。」

陸星延這才鬆手。

好在常用的感冒藥家裡備得齊全，沈星若找了消炎感冒和退燒的，又幫陸星延裝了杯溫水。

周姨剛煮好粥，見她在倒水，隨口問了句，「星若，陸星延起來了嗎？」

沈星若：「他感冒了。」

周姨意外，「怎麼感冒了？是不是昨天鞋子進了水沒及時泡腳，我就說他鞋子怎麼是濕的，寒從腳底起啊這孩子真是的，那我再幫他煮點薑湯。」

沈星若點頭。

周姨又說：「我舀碗粥給他，先喝粥再吃藥，空腹吃藥不好。」

沈星若還是點頭。

周姨挺能幹的，裡裡外外一把手就能操持得井井有條。

這時聽說陸星延生了病，腳步更是快到起飛。

她讓沈星若別操心，先安安心心吃早飯，然後又從沈星若手裡接過溫水和藥片，找了個托盤將感冒藥、溫水還有粥一起端進了陸星延的房間。

見進來的是周姨，陸星延不甚明顯地皺了皺眉。

然後非常不配合地不肯喝粥也不肯吃藥，只讓她把東西放下，說自己等一下會吃。

周姨拗不過他，出來的時候還和沈星若碎碎念：「真是不曉得陸星延是從哪學來的牛脾氣，說沒刷牙漱口不吃東西，都病成那樣了倒是還挺注意形象，家裡只有三個人有什麼好拗的，這麼注意形象也沒見他交到女朋友……」

沈星若拿著瓷勺的手頓了頓。

她很快喝完了剩下的粥，起身，「我進去看一下吧。」

沈星若進房的時候，陸星延剛好病懨懨地從洗手間出來。

他看了沈星若一眼，然後特別自然地躺回了床上，說：「餵我。」

沈星若：「……」

她轉身就想走。

陸星延在她身後喊：「我是因為妳才生病的。」

沈星若回頭，她實在是從未見過像陸星延這樣，將挾恩圖報發揮得如此澈底的人。

關鍵是他還特別理所當然。

陸星延理所當然地繼續道：「妳昨晚還詛咒我有病就吃藥。」

「……」

沈星若忽然走回他的床邊，端起床頭櫃上的粥。

不知道為什麼，陸星延有種她會將這碗粥潑在自己臉上並加大詛咒力度要他立即去世的預感。

求生欲使他喊了一聲——

「等等！」

「我自己來！」

他從沈星若手裡接過粥，舀散熱氣，三兩下喝光。

還特別自覺地喝了兩口溫水，又自己泡好感冒熱飲，說：「我等等就喝藥。」

沈星若實在不知道他這是作的哪門子妖。

可她本來就是個吃軟不吃硬的人，陸星延沒那麼理直氣壯了，她倒有幾分不自在。

猶豫片刻，她默不作聲坐回床邊，幫他把剩下的膠囊都取出來。

陸星延看了一眼時間，問：「七點三十了，妳不去學校？要遲到了。」

不等沈星若說話，他就揮了揮手，「行了妳去學校吧，我等一下自己和王有福請假，反正開學就是說那些話，煩得很。」

「對了，今天如果出了期末成績，幫我看一下。」

沈星若正想告訴他，她已經看過了。

陸星延又繼續道：「周姨說等一下還要幫我去買點中藥，我可以的，我一個人孤獨寂寞病快快地躺在床上就可以了。」

陸星延這個人也是神了，總有辦法在讓人心生同情後又將所有的同情澈底抹殺。

真是戲精。

沈星若起身，居高臨下道：「那你就一個人孤獨寂寞病快快地躺在床上吧。」

看著沈星若果斷離開的背影，陸星延有點反應不過來。

……這劇本的走向怎麼不對？

沈星若雖然出了房門，但並沒有去學校。

她打電話給王有福，幫陸星延請了一天假，又幫自己請了半天假。

——陸星延說的沒錯，開學第一天大多都是嘮嘮叨叨，她也不想聽。

可她並不知道，兩人開學第一天的雙雙缺席，引起班上很大的討論。

下課時，何思越拿了一疊試卷，從王有福辦公室出來。

路過樓梯間的時候，正好遇到來裝熱水的翟嘉靜，他笑了笑，和她打了聲招呼。

翟嘉靜也彎了彎唇角，「班長。」

兩人順路一起往班上走，翟嘉靜忽然提起，「班長，昨天是不是你送星若回去的？」

何思越點頭，「她沒帶傘，我順路送了一段。」

「對了，妳怎麼知道？妳昨天看到我們了嗎？」

「沒有。」

「我是後來看到陸星延一個人出來了，他本來去學校接星若，但沒接到人，我就猜是你送星若回去了。」

何思越一頓，「妳說什麼？」

翟嘉靜好像有些意外，掩了掩唇，「噢，那個……」

她好像有些不知道怎麼掩飾，咬唇思考了一下，小聲說：「班長你別告訴別人，就，星若好像和陸星延在談戀愛，然後兩個人還同居了。」

她昨天撐著那把墨綠色的傘，跟了陸星延一路。

然後看到陸星延進了之前沈星若進去的社區大樓。

好像有很多事，都有了解釋。

資訊量太大，何思越一時有些反應不過來。

翟嘉靜又說：「就，你看陸星延那樣的……你沒聽過學校裡的傳言嗎？」

關於陸星延的傳言有很多。

其中有一個比較驚世駭俗的是，他花三萬買了十二中一個女生的初夜。

何思越不知怎麼的就覺得，翟嘉靜說的是這一個。

翟嘉靜：「他們那一圈人私生活本來就比較亂，我感覺星若也是被他迷住了……」

「但最近不是有什麼校長實名推薦的名額嗎？聽說高二文理班各一個，我覺得星若的機會還是比較大的，所以也沒有勸星若，萬一在這關鍵時候鬧分手，陸星延把事情捅出來，那星若肯定就沒有機會了。」

「班長，你也別往外說啊。」

第二十三章　關於大學

何思越漫不經心地往前走，不知道是沒反應過來還是怎麼回事，半天都沒接話。

已經快到教室門口，翟嘉靜忽然停下腳步，又說了句，「不過也說不準，星若成績再好，也是轉學過來的，其實我覺得校長實名推薦……班長你也很有希望。」

「班長你以前是模聯社團的主席，高一還在學生會當學習部部長，而且你每學期都能拿到模範生，一路都是當班長為班級做貢獻，校長實名推薦的話，應該也會考慮綜合能力方面的因素吧，我覺得你的機會也很大。」

緊接著，她又頗為豔羨地感嘆了聲，「聽說我們學校的校長實名推薦，含金量很高呢，雖然只是免筆試，但一般拿到了推薦，就很穩了。」

翟嘉靜說的這些，何思越比她更清楚。

明禮最近兩任的校長都很厲害，有P大這所全國排名前二大學的校長實名推薦名額，而且有兩個，一般是文理組各一個。

校長實名推薦倒也不是直接錄取不用參加考試。

只不過可以免筆試直接進入P大自招的面試環節，然後按筆面雙試加起來的總分，給予報考優惠。

一般來說優惠分ABC三級，後面還會接一個數字代表優惠分數。

如拿到A5，代表報考P大某科系名額時降五分；又比如拿到B20，代表報考P大時，直接在P大錄取線降二十分；另外還有比較優異的C級、D級，D類針對特殊考生破格錄取，一般沒有機會。

C級倒還能拚一拚，拿到C則代表，過當年同批次分數控制線即可直接錄取，也就是過標準線即可直接錄取。

縱觀明禮往屆校長實名推薦，最差也在面試後拿到了B40，也就是降四十分錄取的優惠，大部分都是B60和C。

不提C和B60，光是B40，對沈星若來說，甚至對何思越來說，都等於直接雙手奉上P大的錄取通知書。

何思越抱著試卷的手緊了緊，下意識看了翟嘉靜一眼。

翟嘉靜卻沒再說話，只是笑笑，拿著熱水杯進了教室。

下午，沈星若正常到校上課，班上不少人關心問候。

她一一解釋說自己不舒服，請了半天假，同學們倒也沒有疑慮。

不知是誰說了一句，「陸星延還沒來上學，欸他是什麼情況，我聽人說他今年好像直接去念語言，準備出國了。」

「我怎麼聽說是成績不好被勸退了？」

「什麼啊，他的學籍好像本來就不在明禮吧，有什麼好勸退的。」

沈星若頓了頓，沒想過開學請個假，竟然傳出了這麼多流言。

但她也不方便幫陸星延解釋，就乾脆當做沒有聽到。

石沁還在一旁加油添醋，笑道：「星若，妳上午沒回我訊息，我還以為妳成績太好，被匯澤一中搶回去了呢。」

沈星若從書包裡找出手機，打開來看，果然有石沁傳來的訊息。

「不好意思，我之前沒看到。」

石沁：「沒事沒事，妳現在沒有身體不舒服了吧？」

沈星若：「好多了。」

石沁：「那就好。」

除了這些關心和八卦，同學們說得最多的還是祝賀她期末考試又考了年級第一。

下午第一節是歷史，上課鐘很快響起，大家也四散開來。

見歷史老師拿著試卷進的教室，沈星若也跟著拿出了期末試卷。

可她總覺得哪裡有點奇怪，下意識回頭，忽然捕捉到不遠處何思越的視線。

何思越似乎沒想過她會突然回頭，愣怔片刻，勉強笑了一下，眼神便不自然地躲閃開來。

沈星若稍頓，聽到喊起立的聲音，又轉了回去。

盛夏尾巴的陽光格外熱烈，蟬鳴聲彷彿都開始變得有氣無力，坐在靠窗位子的同學臉上被曬得紅撲撲的，教室悶熱，空氣似乎沒在流動。

沈星若坐在吊扇吱呀吱呀轉動的教室聽課。

另一邊，陸星延醒來，從床上坐起。

渾渾噩噩睡了一個上午加一個中午，他在被子裡悶出一身汗，黏黏糊糊的，燒倒是退下去了。

可周姨死活不准他洗澡，只幫他接了一盆熱水，讓他忍耐著擦一擦。

陸星延拗不過，只好同意。

他在浴室擦身體這一下子，周姨幫他換了新的床單被套。

等他出來，周姨又和蒸鴨子似的，把他趕回了鴨絨被的蒸籠，然後逼他喝薑湯，吃了點清粥小菜。

其實燒退下來，陸星延感覺整個人都清醒多了，起碼沒再頭重腳輕。

他從床頭摸到手機。

半天沒看，到這時他才發現狐朋狗友們在瘋狂地噓寒問暖，未接來電足足有七、八十通，訊息更是被擠爆了。

這群人還挺懂事啊。

陸星延唇邊噙著笑，頗為期待地點開了訊息。

李乘帆：『延哥不會真的出國了吧，我聽班上傳得有板有眼的，但他昨天不是還在問座位表？』

許承洲：『誰知道，不過陸少爺要是真的出國了，那他的耳機我就不用還了！』

許承洲：『音質真的超好，叫床聽起來都格外逼真你們知道嘛！美滋滋！』

李乘帆：『……』

李乘帆：『我覺得你這個想法還挺正確，那 switch 我也不用還了。』

趙朗銘：『你自己不是有？』

趙朗銘：『你真的是絕了，吝嗇。』

李乘帆：『銘爺大氣！』

趙朗銘：『……』

趙朗銘：『不過話說回來，我好像還欠他兩千，既然都遠隔重洋，貨幣都不一樣，兩千連機票都買不起，我覺得也……』

陸星延的笑容逐漸消失，冷不防地往群組裡傳了一則語音訊息：『趙朗銘，你不說我都忘了你欠我兩千，什麼時候還錢？現在怎麼樣？剛好我最近缺錢用。』

他的喉嚨因感冒發炎有點腫脹，聲音也略微低啞。

群組裡倏然一片寂靜。

陸星延輕哂一聲，『我還沒死呢，你們這群不孝子就開始算計我的遺產了？』

狐朋狗友們開始裝傻。

李乘帆：『延哥你還活著呢？欸你沒出國啊，那真是太好了！』

李乘帆：『不過你說的是什麼？現在上歷史課呢，沒辦法聽語音。』

趙朗銘：『對，延哥你發音不標準啊，語音轉換成文字都看不懂。』

陸星延點了轉換文字，然後截圖甩進群組裡。

陸星延：『我信了你的邪。』

趙朗銘：『那是APP的鍋，我這邊真的轉換不出來。』

趙朗銘：『欸對了，延哥，你今天怎麼沒來，去哪了？班上閒聊，有人說你出國了，還有人說你被勸退了什麼的，說得有鼻子有眼的。』

另外幾人也默契配合，當做無事發生，紛紛噓寒問暖。

陸星延：『別給我轉移話題。』

陸星延：『還錢。』

陸星延：『還有耳機、switch，現在立刻馬上還給我。』

還是邊賀不聲不響，卻格外機智。

邊賀：『延哥，期末考試的成績出來了，你這次進步好大。』

陸星延：『？』

陸星延：『多少？』

邊賀坐最後一排，趁老師在講臺上寫板書，他往後仰了仰，快速拍了張成績單傳過去。

語文九五，數學一零八，英語七九，公民七十，歷史六八，地理六八，總分四八八。

班級排名四十九。

年級排名一一九一。

陸星延看到這成績，愣了愣。

竟然只有英語是不及格的。

數學一零八？

有生之年竟然還能有一科單科成績三位數，說出來陸星延自己都不是很敢相信。

成績今天一早就公布了，但李乘帆、趙朗銘他們根本沒關心過，所以也是這時才發現陸星延竟然考了快五百分，全都傻了。

李乘帆：『我靠延哥！你還說你沒抄小抄！』

趙朗銘：『數學一零八？我考了八十九差一分及格我還覺得我這次發揮超水準了！延哥你老實說是不是買通了誰傳答案給你？』

陸星延目不轉睛地看著分數，半天都沒說話。

過了好半晌，他回神，將圖片轉傳給沈星若。

陸星延：『我考了四八八，妳為什麼不告訴我？』

陸星延：『妳是不是想賴帳？』

陸星延：『說好考到五百就讓我當妳男朋友的，妳別想賴。』

說來也巧，沈星若平時上課是不看手機的。

可換座位後，趙朗銘就坐她左邊的斜前方，只隔著一條窄窄的走道，沈星若餘光能瞥見趙朗銘放在桌底的手機，還能隱約看到聊天程式的畫面。

——可能是在和陸星延聊天。

她出門的時候，陸星延還睡得很沉。

這時候可能已經醒了。

也不知道燒有沒有退。

想到這，沈星若有些走神。

剛好歷史老師接到一通電話，說：「大家先自習一下，老師有點事。」

沈星若看著歷史老師邊接電話邊往外走的身影，頓了頓，忽然也拿出手機看了一眼。

陸星延果然傳了訊息給他。

她想了想，回了句，『四八八是五百嗎？升學考是千軍萬馬過獨木橋，十二分就是十二個操場的人。』

陸星延：『……』

陸星延：『妳被王有福附身了？』

沈星若沒再回覆。

她看了一陣子書，可歷史老師不知道是接到了什麼人的電話，情緒格外激動，在走廊上和人據理力爭著，短時間好像也說不完。

她又將手機拿了出來。

幾分鐘的功夫，陸星延竟然轟炸了十幾則訊息。

她的手機都被轟炸得有些卡頓，一連點好幾次都沒反應。

等手機龜速進入到聊天畫面，不知怎麼的，語音竟然開始自動播放，音量還不小。

陸星延的尬撩就那麼毫無防備地擴音出來——『下午有沒有想我？』

語音在教室迴盪。

離得遠的同學也許沒聽到，但方圓三、四桌的人都聽到了，大家不約而同循著聲源望去。陸星延生病，聲音啞了。

就這麼低低一句，別人也聽不出來是他，可趙朗銘總覺得怪耳熟的……好像是陸星延的聲音，剛剛才聽過。

似乎是從斜後方傳來的，他回頭往沈星若那一團望了望，也不確定是誰在播放。可沈星若竟然正看著他。

趙朗銘疑惑，然後他慢慢發現，其他人也都唰唰唰望向了他。

不是，看什麼看？這是什麼意思？

趙朗銘隔壁桌是個男生，看到大家都望著趙朗銘，也以為剛剛是趙朗銘在播放。他警惕地往旁邊挪了挪，還想著是不是該和王有福申請換座位，趙朗銘的性向好像不太對啊。

李乘帆和邊賀的座位都離事發地點比較遠，到他們耳中時就只剩下轉傳版本的——

「咦……趙朗銘竟然跟一個男的在聊騷！」

「太噁心了，竟然問寶貝下午有沒有想我……」

李乘帆和邊賀傻了一下，紛紛在群組裡冒泡。

李乘帆：『靠銘爺你真人不露相啊，我他媽跟你住了這麼久同寢室都不知道你竟然是個0！』

邊賀：『也可能是1的……』

李乘帆：『你看他騷唧唧的模樣哪裡像1？』

邊賀：『也是。』

趙朗銘：『？？？』

趙朗銘：『你們胡說八道什麼？』

陸星延也問了句怎麼回事，於是李乘帆又繪聲繪色轉述了一遍，聽到對面男人說的是「寶貝下午有沒有想我」的時候，他覺得莫名耳熟，但他好像沒說寶貝。

趙朗銘終於知道大家為什麼盯著他看了，邊吐血邊解釋。

趙朗銘：『我靠……真的不是我！』

趙朗銘：『聲音是從我斜後方傳出來的，我還想著這聲音有點像延哥，正轉頭看呢，結果都望著我，搞什麼啊！』

陸星延大概明白是怎麼回事了。

趙朗銘還在瘋狂為自己洗白，恨不得胸口碎大石證明自己是一個純正的直男。

陸星延輕飄飄來了句，『你是什麼性向我不管，總之別拖我下水，我清清白白。』

趙朗銘：『……』

清清白白陸星延。

很好。

三分鐘後，這位清清白白的男高中生想再尬撩一下未來女朋友。

可訊息剛傳過去，就發現訊息旁邊多了個紅色圈圈，裡頭還有個小驚嘆號。

順便附贈一行灰色小字——您還不是他（她）的好友。

陸星延：「……」

晚上沈星若回家，陸星延趁補習的時候好說歹說加回了帳號，並且保證絕對不再亂撩。

在家休整兩天，陸星延的感冒總算好了——反正沒好王有福也不會再准假。

回校上課的時候，王有福還捧著他的紅色保溫杯，鼻子不是鼻子眼睛不是眼睛地打量了陸星延一遍，碎碎念道：「陸星延你還挺嬌貴啊，感冒要請兩天假。人家理組班老師，懷孕都堅持到了最後一刻才去醫院，俐落生完坐了還不到一個月的月子就回來上課了。」

「我這不是不能生嘛。」陸星延扯了點笑。

「考了個四八八你就得意成這樣！」王有福吹鬍子瞪眼嗤他一聲，想想又懶得和他計較，揚揚手，打發他回班上了。

昨晚沈星若在學校上晚自習，他閒著沒事，去理髮店洗了個頭，然後讓理髮師把頭髮修剪了一下，強調要營造出一種蓬鬆自然又清爽的帥氣效果。

這時他從王有福辦公室出來，邊撥著瀏海，邊懶洋洋地往教室走。

那些亂七八糟說他留學被勸退之類的傳言，總算是隨著他的出現不攻自破。

不過這些傳言也沒什麼意思，陸星延本來也沒放在心上，以前還有人說他花三萬塊買女生初夜呢，他聽了差點沒當場氣死。

事情的真相明明是十二中一個特別奇葩的女生在某次聚會上看上了他，然後瘋狂倒追。

也不知道怎麼回事，十幾歲小女生特別 open，開口閉口就說先床上交流再感情交流也沒有問題，還炫耀似的說什麼他們學校有男的想要她第一次，為了拿她的初夜願意買三萬塊的名牌包給她，說得她願意免費和他上床，他還要感恩戴德似的。

陸星延理都沒理那個傻子，當時想著你他媽倒貼我三萬我還不願意呢，我清清白白根正苗紅的一個處男。

也不知道怎麼回事，後來謠言就變成了他花三萬買那女生的初夜，那女生還逢人就默認這事。

後來聽許承洲說他們十二中還真有個更加傻的，抬價花了五萬跟那妹子睡了一次。

總之陸星延最氣的就是這個流言。

要不是當事人後來轉學離開了星城，他真想上門揍一頓。

不管怎麼樣，高三開課第三天，陸星延同學的出現，代表著一班全員到齊，也代表著高三生活順順利利地拉開了帷幕。

高三開學比較早，校園裡格外冷清，再加上週六要開始補課，顯得非常的度日如年。陸星延感覺都過了快一個世紀了，結果才堪堪過去兩週。

進入高三，教學大樓的氣氛顯然沉悶嚴肅了許多。

藝術生已經全員離校參加集訓；隔壁幾個班有人在高二考ＳＡＴ已經一千九百多甚至兩千多分，可還是不滿足，今年十一月打算再考一次；武術訓練也在每天中午和傍晚放學的時間有條不紊進行。

大家都在為著各自的未來拚搏奔走。

九月初，高一、高二的學弟學妹終於開學，校園裡也終於多了幾分活潑色彩。

往年都是高二、高三的男生們看熱鬧看得起勁，致力於尋找膚白貌美的小學妹。今年不同了，今年變成女生們去看小學弟的熱鬧。

原因無他——這屆高一新生中，有個星二代，裴西宴。

裴西宴的媽媽是家喻戶曉的影后蘇程，爸爸是某神祕富豪大亨。

親子綜藝節目剛剛揚帆的那年，年滿六歲的他被蘇程帶上一檔親子互動節目，以出眾的外形和桀驁不馴又冷冽的氣質，迅速收穫了大批姐姐粉、媽媽粉。

之後幾年他倒是沒再上過什麼節目，只是偶爾客串一些影視劇，拍一些廣告，算不太上娛樂圈人士。

可今年上半年，他飾演男主角少年期的電影《最後一次》票房口碑雙雙爆紅。

說是飾演男主角少年期，片頭片尾的演員表也將其列為特別演出，但他的實際戲份比女主角還要多。

因為貫穿整部電影的，就是男主角少年時代和中年時代的對比。

電影裡裴西宴的人設實在是太吸引人了，繼當年的綜藝節目之後，再次畫地圈粉。

從得知裴西宴入學明禮那天開始，學校裡的討論就沒停止過。

左盼右盼，總算盼到高一開學。

校方也是很懂學生們的心思，特地安排裴西宴在這週的朝會上代表高一新生發言。

高三不用參加朝會，但週一的早自習有不少人壯著膽子蹺掉，去操場看明星了。

回來的時候，大家都滿足地討論：

「裴西宴真的好帥，他竟然沒有長殘。」

「對對對，好多童星都長殘了。欸，我暑假看完《最後一次》還把他小時候錄的那個綜藝節目看了一遍，他小時候冷萌冷萌的，超可愛！現在雖然不萌了，但是超帥啊！」

「那個綜藝節目我還是小時候看的，但看電影的時候完全沒認出來他就是裴西宴，我小時候的白馬王子就是他呢！」

沈星若和陸星延也在暑假看了這部電影，不過是等電影檔期結束後在網路上看的。

當時沈星若還誇裴西宴長得帥演技好。

陸星延則是冷眉冷眼地把人從頭到腳批評了一遍。

沒想到轉眼就成了他們的學弟。

下課時班上同學都在討論這位大明星，石沁還特地拍了照回來給沈星若看。

沈星若掃了幾眼，好像興趣不大，只顧著寫英語試卷。

陸星延不甚在意地在一旁問：「妳不是覺得那個誰還挺帥的嗎？怎麼沒跟著她們一起去看？」

沈星若沒說話。

陸星延語帶調侃，繼續問：「妳是不是幡然醒悟，覺得這種乳臭未乾的小朋友沒什麼好看的，還是我這樣的比較帥比較有男人味？」

沈星若掃了他一眼，「你想多了。」

「我上週去王老師辦公室拿試卷的時候，剛好年級組長也在，年級組長說會去幫我要一張裴西宴的簽名照，有署名的那種，當作我上學期一直考年級第一的獎勵。」

陸星延：「……」

年級組長說到做到，下午就幫沈星若弄來了簽名照。

To 星若學姐：

祝，鵬程萬里，天天開心。

——裴西宴。

陸星延斜睨一眼，輕哂，「妳一隻小翅膀孔雀還鵬程萬里，這小弟弟會不會說話，祝福女孩子當然是越來越美、找個好老公什麼的，再不然也應該是前程似錦。還鵬程萬里，飛不死妳。」

沈星若沒聽他說話，打量了字跡，然後評價道：「字挺好看的，祝福語也好，我喜歡。」

陸星延不爽了，跟隔壁桌女生要了張明信片，大筆一揮。

To 我的未來女朋友沈星若：

祝妳越來越美，早日簽收妳的ATM自動提款機，前程似錦，世界各地都有房子住，冰島、希臘都OK，日內瓦湖也沒問題。

落款：妳未來的男朋友，陸星延。

寫完，陸星延拿著給沈星若欣賞了一下，「怎麼樣？」

趙朗銘不知道他們在幹什麼，正想湊過來看。

陸星延動作快，把人推開了。

然後他把明信片塞進了沈星若的書裡。

沈星若：「……」

傻子。

陸星延的這張明信片，沈星若最後還是收下了，還很給面子地將其與裴西宴的放在一起。

九月秋意漸生，學校裡多出一個明星的新奇，隨著開學時長漸漸淡去。

雖然裴西宴並沒有像傳聞中那般，只在開學時來報個到，但在校時間的確不多。

高一的學妹們還看不過來呢，哪輪得到他們這群高三的老油條。

況且高三課業壓力陡增，考試頻繁，經常閉眼前是試卷，睜開眼又是試卷。

甚至從九月開始，每週六都有一次綜合測驗，大家也沒那麼多閒置時間追星。

以前地理、公民、歷史三科的試卷都是分開考，突如其來合在一起，很多同學都有點不適應。

像陸星延這種，剛開始合卷考試的時候，經常分不清楚這他媽到底是歷史題呢，還是公民題呢，又或者是地理題。

九月中旬的時候，高三上學期的第一次月考如期降臨。

陸星延這次總分考了四四八，雖然比期末少考了四十分，但這次月考的難度和期末考不可相提並論。

王有福也安慰他們，「大家不用擔心，這次月考的題目，總體來說比升學考還要難上不少，主要是給大家敲個警鐘的意思。」

「我們班沈星若同學很不錯啊，這個難度的試卷也拿到了七零九的總分，要繼續加油。」

他沒把話說得很明白，怕給人壓力，但一班同學心裡倒是清楚著——這是希望沈星若爭爭氣，拿個省狀元的意思。

學校對他們這一屆很看重，因為今年的升學考，明禮與文理雙狀元全都失之交臂，不論是總分、裸分、全市都跟狀元沾不上邊。

硬要說也就只能說……考了星城瑞雪區的文組狀元。

要是差一點的學校，出個區狀元怕也是要喜滋滋掛橫幅了，但明禮肯定不會丟這個臉，還不如安靜如雞。

其實這一屆交出的成績也不算差。

兩個數學競賽生進入國家隊；考取T大、P大的，含保送生在內一共有六十三個；全校大學入取率百分之九九點七，公立大學錄取率百分之九十三，理科的公立大學錄取率更是高達百分之九十五。

只是沒有特別頂尖的。

晚上回家，沈星若幫陸星延講解月考試卷。

陸星延昏昏欲睡，手撐著腦袋靠在書桌上，一點一點的。

「你這道題不該錯的，想法和步驟都對，但十五乘以六你算到下一步怎麼就變成八十了？後面整個都不對了……」

沈星若講到一半，抬頭看了陸星延一眼，然後拿筆敲他。

陸星延略覺痛感，皺了皺眉，勉強睜睜眼，又抹了把臉，做出一副想要繼續聽試卷分析的認真模樣。

沈星若卻放下試卷，問：「你是不是因為這次退步了，感覺提不起勁？」

什麼？

陸星延剛醒，還有點搞不清楚狀況。

沈星若當他默認，繼續道：「這次試卷比起期末考真的難很多，而且也比今年六月的升學考卷要難。」

「今年我們省的私立大學錄取線是四六一，以你現在的水準，上個私立大學應該問題不大。」

「如果這一年好好努力，我覺得公立大學的可能性也是很高的，今年公立錄取分五零六，你現在單字還沒背完，我是想等你單字背完，把今年的升學考試卷讓你做一遍，你覺得怎麼樣？」

陸星延蹭了蹭鼻子，含糊地「嗯」了兩聲。

沈星若又鼓勵道：「你想想，公立大學也只比私立大學高了五十幾分，排名前面的公立大學也不過比其他公立大學高五十幾分，你什麼時候能考上公立大學錄取線了，衝一把摸摸更好的大學是不是也很有希望，也只比你這第一次月考的成績提高個一百分而已。」

「你應該也知道，星城本地的幾所學校對星城本地學生還有明禮都有優惠招生政策。」

「我聽說下學期三月份星大有一個明日之星招生計畫，本來就是針對星城幾所名校的，比一般的自招會簡單很多，你好好努力，到時候讓王老師幫你寫推薦信，筆面雙試過了，只要考到錄取分數就能直接進星大。」

陸星延：「……」

不是。

他只是睏了，打個盹。

沈星若這是胡說八道什麼，怎麼都扯上考大學了？

緩了一下，他清醒了，目光移至沈星若臉上，認真說：「我覺得吧，妳的計畫是挺完美的，就是這個，可行性是不是不太行。」

陸星延對自己的成績心裡很有數。

他一直覺得自己去參加升學考，最多也就是個大專的水準。

他的狐朋狗友們大多也都是這個水準，甚至比他還慘。

許承洲對他們這一夥人就早有規劃，安安心心混個三年，然後再找個好大學的國際部讀個基礎學分。

這種只要錢不要分數的地方還挺多，南城大學就有。

還有那種國外大學聯合辦學的學校，很多科系都對分數毫無要求。

再不濟，直接出國。

沈星若再次拿起試卷，神色淡淡，「可行性怎麼不強了？星城升學考本來就比其他升學考大省要容易，好好念考個公立的很難嗎？還是你想去國外找個鳥蛋大學混上三、四年？」

他以前還真的是這麼想。

陸星延解釋，「不是，我沒有，我不是還要追女朋友？那我出國妳跟人跑了怎麼辦？」

「……閉嘴。」

陸星延又想起一件事，「對了，妳是打算去哪？P大還是T大？」

沈星若抬眼，「我去P大還是T大和你有關係嗎，說得好像你也能考上似的。」

「……」

OK。

閉嘴。

他的確是考不上。

可轉念一想，陸星延又追著問：「不是，那當然是有關係的，這決定我以後和妳的距離知不知道，P大和T大雖然都在帝都，但兩個學校隔那麼遠。」

沈星若頓了頓，目光落在試卷上，一陣子後才說：「應該是P大。」

陸星延點點頭。

他沒把沈星若力爭上游的鼓勵和殷殷期盼放在心裡，頂尖大學離他實在太遠了，他也只是回想了一下許承洲說的那些國際部和聯合辦學的學校。

P大附近，應該是有的。

日子忙碌起來就過得很快，不知不覺，九月平平靜靜地過去了。

金秋十月，銀杏葉開始慢慢變黃，校園裡也很少再看到夏季校服的影子。

黃金週高三只放了三天假。

週一返校，門口公布欄貼了一排照片——校長實名推薦候選名單。

這個名單共有兩排，上下各五個，上排的是文組班候選人，下排的是理組班候選人。

大概是按照班級排的，沈星若被排在了文組班的第一個，緊隨其後是何思越。

公布欄一早就圍了不少人。

陸星延是中午和李乘帆他們一起吃完飯回學校的時候看到的。

李乘帆：「這東西貼了要做什麼？是讓我們投票嗎？我靠沈星若讓我們班真有面子，你看看連證件照都這麼漂亮這麼有氣質……」

陸星延的手從他腦袋上削過，然後又隨意地搭在了他的肩上。

沈星若的證件照，陸星延之前就見過。

學生證上就是這張。

她穿著明禮淺藍色的夏季校服，頭髮束成簡單的馬尾，沒有化妝也沒有修圖，笑容也很淺淡。

但她的皮膚好、長相好、氣質好，唇紅齒白明眸皓齒楚楚動人我見猶憐出塵脫俗……這些成語用在她身上絲毫都不違和。

趙朗銘換了個手夾籃球，笑，「投票那還得了，沒疑問啊，延哥坐這撒錢都要讓我們若姐拿個第一是不是？」

李乘帆連聲應和，又刻意揶揄陸星延，指了指何思越的照片，「我覺得班長也照得不錯，你看理組班那幾個男生，完全沒有班長這種陽光大方的氣質，別說，他的照片和沈女神的放一起，還挺養眼……」

話音未落，陸星延又反著削了他一把，眼神斜睨過去，「你給我把何思越的照片弄下來，

switch 就不用還了。」

趙朗銘搶著幫忙，「欸欸欸！放著讓我來，延哥我幫你弄出來那兩千是不是也不用還了？」

李乘帆：「趙朗銘你也太他媽會算計了！」

趙朗銘笑罵，「你懂個屁，這叫精打細算！」

快到上課時間了，幾人也沒在公布欄前逗留太久，胡說八道著走進第三教學大樓。

可剛進教室，陸星延就發現班上氣氛不太對，好像很多人都在看他，竊竊私語著，但也不敢明目張膽。

他坐回座位，摸了摸後腦勺，又瞥了沈星若的座位一眼。

——沈星若竟然還沒來教室。

他剛準備傳訊息問，阮雯和石沁一起過來了。

兩人停在陸星延座位前，神色都有些奇怪，也說不上來是害怕還是什麼，總之臉色不太好看。

陸星延抬頭，問：「幹什麼？」

阮雯和石沁對視一眼，還是石沁膽子大一點，開口說：「那個……陸星延，星若被王老師叫、叫去辦公室了。」

「怎麼回事？」陸星延蹙眉。

阮雯小聲說了句，「我們也不知道，但聽說是，有人在校長信箱寫了檢舉信，檢舉你……檢舉你和星若談戀愛同居……」

石沁忍不住跟著問：「你是不是真的和星若……」

「吱咯」一聲，陸星延突然從座位上站起來。

他的動作幅度很大，桌椅被他帶得響動。

阮雯和石沁再不敢說話，她們距離近，能很清楚地看到陸星延的面色一秒冷了下來，周圍的氣氛也悄然變得緊張而凝滯。

「妳們從哪聽說的？」陸星延問。

兩個小姑娘支支吾吾，也說不清楚，「不知道，就……大家都這麼說……」

正好這時副班長進教室，在門口喊了聲，「陸星延，王老師叫你去辦公室。」

第二十四章　檢舉信

陸星延和沈星若住在一起這件事，王有福是知道的，但是不是在談戀愛，他還真的不知道。

他原先以為兩人是表兄妹，可後來沈星若說不是。

沒等他多問，又被打了岔，當時也忘了繼續那話題，所以兩人到底是個什麼關係，他還真的不知道。

從校長到年級組長層層批評下來，王有福整個人都是傻的。

年級組長來找他麻煩的時候，他捧著保溫杯愣了愣，又解釋，「不是，這兩人有沒有談戀愛我真不知道，但這兩人住在一起，他們家長都是同意的。」

「上學期家長會，都是陸星延他媽來幫沈星若開的，還有那個沈星若的爸爸，就那個沈畫家，他上次來辦公室也是說，沈星若現在住陸星延家。」

年級組長沒怎麼聽明白，「什麼亂七八糟的，老王你給我說清楚！什麼家長都是同意的！你的意思是這兩人家長同意他們談戀愛同居？放什麼狗屁！」

年級組長氣得都飆髒話了。

「不是……」王有福本來打算否認，可轉念一想也不是不可能，「那什麼，我找人來問問。」

其實王有福沒怎麼當一回事，他真的不喜歡管學生談不談戀愛。

以往帶過的文組實驗班裡，談戀愛的學生也不少，而且大部分都是好學生。

能上明禮文組實驗班的孩子都不傻，人家都是戀愛、讀書兩不誤，只要成績不下降，沒有太出格的事傳出來，他一般也是睜一隻眼閉一隻眼。

這幾年教師節啊、校慶啊，還有好幾對雙雙考上TOP10的學生給他來送祝福，感謝他當年沒有棒打鴛鴦之恩。

沈星若是這一屆文組班最大的希望，校長接到這匿名檢舉，非常重視。

於是中午沈星若回教室，就被叫去了辦公室，三堂會審。

沈星若倒是冷靜，聽完事情經過，只問：「證據呢？」

校長&年級組長&王有福：？

不是，本來還覺得這小姑娘沒那麼不清醒，可一上來就要證據，很像電影電視劇裡那些犯罪嫌疑人的垂死掙扎啊。

考慮到沈星若是個女孩子，又是個資優生，校長還是比較溫和，比較有耐心的。

他扶了扶眼鏡，沉吟片刻，委婉道：「沈星若同學，妳自己應該清楚，妳現在的成績，只要穩定保持，全國的大學都是隨便妳挑。要是努力拿個省狀元，國外大學的全額獎學金也完全不在話下，老師們當然也都希望，妳能為明禮爭光。」

「談戀愛這事怎麼說呢，明禮的校訓裡就有自由開放，包括我也認為，男生、女生，互相有好感是很正常的事。但在高中這個階段，停留在好感就足夠了。」

「我們要分清楚孰輕孰重，升學考結束，妳愛怎麼戀愛就怎麼戀愛，但妳現在還在念高三，那就不行。」

「高中這個階段最重要的任務就是讀書，因為升學考成績它就是非常直接地能夠到影響妳的人生。」

「其實我覺得呢，這些東西妳應該都懂，不用我們多說的。」

沈星若順從點頭，「您說的我都明白。」

校長年級組長還有王有福都鬆了口氣。

可緊接著沈星若又問：「那證據呢？」

校長&年級組長&王有福：「……」

「校長，請問每一封檢舉信，您都會在沒有證據的情況下，直接預設檢舉內容是事實嗎？」

沈星若很平靜，平靜到都不太像是個女高中生。

校長解釋：「不是，沈星若同學啊，主要是這封檢舉信裡，把你們住的地址都寫得很清楚了，學校當然不是直接預設檢舉內容為事實，現在就是在向妳確認。」

沈星若：「如果是向我確認的話，那我可以給您一個答案，我的確和陸星延同學住在一起，因為我們的父母是好朋友。」

「但我只是暫時寄住在他家，並不是情侶關係的同居，而且我暫時也沒有和陸星延同學談戀愛。」

寄住，不是情侶，沒有同居。

得到這樣的明確答覆，校長和年級組長稍稍放心。

可舒一口氣的同時，又感覺好像哪裡不太對。

什麼叫做暫時沒有談戀愛？

校長倒也沒追著細問，因為沈星若解釋後，馬上又提出了自己的訴求——

「校長、老師，我不知道這份檢舉是基於什麼目的，但我希望這種沒有證據的抹黑，可以得到公正的處理，流言蜚語真的很影響讀書心情。」

「而且如果不處理的話，那以後每天都有人往校長信箱投檢舉信，再在外面散播流言，學校豈不是會變得烏煙瘴氣。」

嗯，說的都有道理，但聽起來感覺有那麼一點……威脅的意思？

校長也不知道是不是自己想太多了，反正面上還是和善卻又不失威嚴地應聲道：「這是當然，妳放心，學校絕對不會縱容這種背後抹黑優秀學生的行為！」

這邊校長正說得擲地有聲，門外陸星延突然闖入。

他也沒聽清楚校長在說什麼，只感覺聲音很嚴肅，很像在罵人。

他本來聽了阮雯、石沁說的那些，這一路自己就胡思亂想了很多。

這時他不管三七二十一，直接往沈星若身前擋了擋，說話的聲音很有壞學生死豬不怕開水燙時那種不以為然的感覺——

「校長、老師，這事和沈星若沒關係，是我喜歡沈星若。單戀，沒談戀愛，要罵就罵我吧。」

校長&年級組長&王有福&沈星若：「……」

整個辦公室都安靜了。

陸星延並沒覺得這種安靜有什麼不對，腦中都編排好了一大段自己是怎麼對沈星若死纏爛打，沈星若又是怎麼再三拒絕的說辭。

沈星若太陽穴突突起跳，在後面扯了扯陸星延衣角，然後又搶先一步開口道：「陸星延同學，我沒事，你不用為了把我摘出來往自己身上攬責任，謝謝你。」

然後沈星若又和校長他們解釋了一番，硬生生地把陸星延掰成了樂於助人為了幫她大義凜然自己扛鍋的義氣人設。

只不過她為陸星延辯解好像比為自己解釋還說得更多，畢竟只是十幾歲的小姑娘，心思也掩藏得不是那麼完全，就有點欲蓋彌彰的感覺。

校長他們倒沒再多問什麼，只讓兩人先回去上課，這事會再聯絡他們家長問清楚。

出了辦公室，沈星若默不作聲往前走。

陸星延擔心她，在旁邊安慰。

沈星若也不知道該說什麼。

應該生氣的，可對一直在做蠢事的他，好像也沒辦法生氣。

快要走到一班，她頓了頓，整理一下自己的頭髮，說：「我沒事。」

陸星延：「真的沒事？」

沈星若：「嗯，進去吧，這節數學，你好好聽課。」

其實她並不擔心詢問家長之類的事情，頂多就是多接一、兩通裴月和沈光耀的電話。

但她知道，她和陸星延不會再坐在一起了。

嚴重一點的話，裴月和沈光耀可能會考慮讓他們分開住。

沈星若和陸星延回教室的時候，班上同學都在對他們行注目禮。

俗話說得好，好事不出門，壞事傳千里，更何況是戀愛加同居這種桃色新聞。

短短一個中午的時間，年級裡就已經傳開了。

沈星若整個下午都很沉默，陸星延想跟她講話，但非常時期，一舉一動都會被人過度解讀，這樣對沈星若不好，他也就坐在自己座位上，假裝若無其事地玩手機。

第三節課下課的時候，石沁、翟嘉靜陪著沈星若一起去上廁所，兩人都從旁安慰，讓她不要在意這些流言蜚語。

不過翟嘉靜一路上都有些欲言又止，石沁看出來了，問：「靜靜，妳是不是想說什麼。」

翟嘉靜有些吞吐，「我、我其實也不確定……」

石沁快急死了，生怕又有什麼奇怪的流言，「什麼呀妳快點說。」

翟嘉靜將她們拉到樓梯間，又看了看四周，確認沒人才鼓起勇氣說：「星若，我聽人說，檢舉妳談戀愛的人可能就是……就是和妳有競爭關係的，就是那個，校長實名推薦……」

「我仔細想了想，確實是有可能的，其實對方並不一定是覺得妳真的和陸星延在談戀愛，但只要學校都這麼傳，說你們談戀愛、同居，那學校肯定會在校長實名推薦的名額上斟酌的，畢竟事情要是傳出去，說學校推薦了一個……這樣的學生……就，不太好聽。」

翟嘉靜的話，石沁都聽明白了。

石沁臉色變了變，氣憤道：「這也太陰毒了吧！星若肯定是這樣的！肯定是妳的競爭者！那五個候選人有誰？還有班長、二班的……」

她說到「班長」的時候，沈星若頓了頓。

翟嘉靜敏感地注意到這一點，又狀似不經意地說：「如果真的是這樣的話，那還有一點很重要，他是怎麼知道妳和陸星延真的住在一起，還知道你們住哪個社區的。」

沈星若很自然聯想到了那天何思越送她回家。

陸星延十幾分鐘後就進來了，何思越要是一直沒走的話……而且，最近何思越對她的態度很奇怪。

兩人以前經常會交流課業上的問題，何思越人也很體貼細心，但最近他們都沒有互相討論過問題，甚至開學時她謊稱不舒服，何思越從頭到尾也沒上前關心過。

見沈星若緊抿著唇，翟嘉靜又輕聲說：「其實我也是聽來的，只是存在這種可能性，也不一定就真的是競爭者。我們先回去吧，星若妳也別想太多了。」

回到教室，沈星若往後看了看何思越的位子。

——人不在。

她心不在焉地拿出書本翻了翻。

前後門和窗戶那裡時不時有外班同學假裝路過，班上也有女生小聲討論。

李聽自從幹壞事被沈星若整治過後，就變得很清心寡欲。

她是吃足了嘴巴不管事和太過八卦的虧，這個學期顯得格外透明，而且努力讀書後發現成績有提高，她竟然開始對考試上癮。

這次沈星若和陸星延的事傳得沸沸揚揚，她當然也聽說了，但她只是「哦」了一聲，又繼續背單字。

真是兩耳不聞窗外事，一心唯讀聖賢書。

李聽是安分了，可她那兩個碎嘴小姐妹沒被整過，時時刻刻都奔走在八卦的第一線。

這時兩人坐在教室後排，興奮地小聲八卦：

「同居欸，我感覺這也只是說得好聽一點，說得不好聽就是被陸星延包了……」

「我也覺得，反正陸家有錢，他家裡人也真是心大，這都不管。」

「有什麼好管的，你情我願又不犯法。你看沈星若平時清高成什麼樣，我真的是……啊！」

女生話音未落，忽然感覺椅子被人狠狠踹了一腳，整個人從椅子上跌了下來，旁邊的女生也緊隨其後，狼狽地跌坐在地。

陸星延神色漠然，手插口袋站在兩人身後，「妳們兩個有完沒完？真他媽以為我不打女生？」

他的聲音一聲比一聲高。

說完還俯身揪起那個說沈星若被他包養的女生衣領，將人拎小雞似的拎了起來，又往前一推。

「啊——！」撞上桌子，然後又發出一聲尖叫，書和筆袋嘩啦啦往下落。

李乘帆和趙朗銘看他是真的發火，連忙拉住他。

「算了算了，畢竟是同班同學。」

「對，她們也只是說兩句，你別當真。」

陸星延冷眉冷眼，一腳踹翻了另外一個女生的桌子，「你他媽問問，這兩個傢伙不是第一次在後面講沈星若。真他媽拿自己是女的當性別優勢啊。」

明明是下課時間，一班教室卻因陸星延發的這通火陷入死寂。

兩個女生也是敢怒不敢言，更不敢哭。

「陸星延！」

還是沈星若轉頭喊了一聲，這詭異的安靜氣氛才被打破。

她沒多說，但阻止的意思很明顯。

陸星延站在那靜默了一下子，忽然踢開腳邊的書和文具，往自己座位走去。

他坐下的時候，上課鐘剛好響起。

地理老師抓準時間悠哉悠哉走進教室，見班上安靜如雞，還調侃似的說了句，「怎麼了，今天這麼聽話，你們洗心革面了啊。」

一班小雞仔：「……」

何思越也不知道是去幹嘛了，上課十幾分鐘都沒見到人。

地理老師講氣壓題講得唾沫橫飛的時候他才走進教室。

沈星若抬眼。

像是有什麼心電感應一般，何思越的視線也在半空中與她相接。

他的眼神有些複雜。

這堂地理課，不少人都上得心不在焉。

快要下課的時候，王有福守在教室門口。

等到下課鐘響，他走進教室，和地理老師交接了一下，然後就走上講臺，說：「大家留幾分鐘，我來換一下座位。」

陸星延意識到了什麼，抬頭看了王有福一眼，又轉頭去看沈星若。

王有福：「陸星延，你坐到余敏那裡。阮雯妳坐陸星延的位子，余敏坐阮雯的位子。還有李乘帆，跟翟嘉靜換一下……」

王有福一邊安排一邊比劃，也不等晚自習，讓他們立刻馬上就換，書包什麼的晚一點再收拾也沒關係。

另外幾桌都換好了，可陸星延就是不起身。

阮雯站在旁邊，緊張又侷促。

最後還是沈星若推了他一把，「換吧，放心。」

其實沈星若不知道自己為什麼要加「放心」兩個字，也不知道是要讓陸星延放心什麼。

陸星延同樣不明白，但莫名覺得沒那麼不爽了。

他被換到余敏的位子。

余敏坐在何思越旁邊。

換言之就是，陸星延和何思越成了隔壁桌了。

陸星延從自己位子上起身時懶洋洋的，還當著王有福的面拆了片口香糖，往講臺上覷了一眼。

心想：周邊可真是白買了。

王有福沒工夫理他，還在煞有其事地指揮其他同學換座位。

十分鐘後，班上大部分人的隔壁同學都變了。

大家環顧一圈，恍然發現，王有福將班上所有男女都拆開，換成了男男和女女一起坐。

他這心思，簡直是昭然若揭。

有女生私底下吐槽：「王老師不知道現在男男比男女更危險嗎？」

另一個女生噗嗤笑了一下，又看了看陸星延和沈星若，小聲說：「大概是被這次的事情刺激了。」

換完座位還沒結束，王有福在講臺上總結發言了幾句：

「我還是要提醒一下啊，現在離升學考只有一個多學期了，大家要把心思放在課業上，目前這個階段不要為了其他事情多費精力。我知道我說這些你們不喜歡聽，也不當一回事，反正你們自己心裡要自己衡量。」

「我還要提醒大家一點，升學考最終還是要靠自己的本事才行，年紀輕輕的，不要一心想著邪門歪道，把別人搞下來了不代表你就能上，我希望我們班上不要有這樣的同學啊，你耽誤別人也耽誤自己。」

「大家也不要因為學校近期……這各類保送推薦陸續出爐，心裡覺得不公平，那些競賽保送生，他們不僅僅是因為聰明、運氣，你們高一、高二逍遙的時候，人家過年都沒放幾天假，天天練習，是不是？」

「你們只要把自己的事情做好，沉下心來好好讀書，都會在升學考中取得不錯的成績的。」

「說到這個啊，我要表揚一下李聽同學，從上學期起就一直在進步，這次月考都考到年級前兩百了，保持下去還怕升學考考不到好成績？大家也都向她學學。」

莫名被 Cue 的李聽：「……」

王有福嘮嘮叨叨了十多分鐘，才放小雞仔們出去覓食。

陸星延也不耐煩地靠在座椅裡靠了十多分鐘，他和何思越坐在一起，但從頭到尾都沒有給過何思越半個眼神。

王有福的念經小課堂結束，陸星延還想回自己桌子把阮雯拎開，和沈星若說說話。

但何思越的動作比他還快，他起身的功夫，何思越已經走到沈星若桌前，說：「沈星若，我有話想跟妳說一下。」

沈星若點了點頭，「那我請你吃晚飯吧。」

何思越：「我請妳吧。」

「班長，我剛好也沒錢吃飯了，不如連我也一起請了？」

陸星延不知何時走過來的，將手搭在何思越肩上，漫不經心調侃了一聲。

何思越稍頓，「我可以借錢給你。」

陸星延：「……」

何思越又轉向沈星若，「我想單獨和妳說。」

沈星若：「……那不然我們先出去說，說完了我請你們吃飯。」

何思越稍頓，點了點頭。

既然都這麼說了，陸星延自然是不好再多加阻攔，就那麼眼睜睜看著何思越和沈星若一前一後往外走。

他一方面想跟出去看看何思越要單獨說什麼國家機密，一方面又覺得偷聽別人說話很不爺們。

手插口袋斜倚著桌子，糾結了兩、三分鐘，在浩然正氣即將壓倒邪惡念頭的那一刻，陸星延忽然想起一件事——他連偷親都幹過，不就是偷聽嗎？有什麼幹不出來的。

反正也不要臉了。

他站直身體，心安理得地往外走。

放學時分，走廊樓梯間來往都有人，其他教室也都在打掃，何思越和沈星若上了天臺。

十月的天，暮色降臨得遠比盛夏時節要早。

遠處灰藍與橙黃交接，像是一副色調曖昧的油畫。

沈星若沒什麼可寒暄的，靠著護欄看了看遠處風景，開門見山道：「班長，你有話就直說吧。」

何思越正在斟酌如何挑起話題，沈星若直入主題，倒也省了許多說辭。

與此同時，他的自責也多了一分。

「沈星若，對不起。」

沈星若拂開被風吹亂的碎髮，轉頭看了他一眼，沒說話。

「其實這段時間我一直都特別糾結，因為……剛開學的時候我聽說、聽說了妳和陸星延戀愛同居的事，我一方面覺得妳不可能做出這樣的事情，一方面又覺得妳和陸星延……」

「對不起，我不該這樣想妳的。」

他低了頭。

沈星若對何思越這些糾結愧疚的情緒沒什麼感觸，只揪住其中一個關鍵點問：「你開學的時候就聽說了，你聽誰說的？」

何思越想起了正事，「我只是想跟妳說這個……妳和陸星延同居，啊不，你們住在一起的事情，妳有告訴過翟嘉靜嗎？」

「翟嘉靜和你說的？」

何思越點頭，又有點為難，開口道：「我沒有要惡意揣測她的意思，但今天我想了很久，真的覺得很不對勁。」

「因為開學的時候，她和我說妳和陸星延在談戀愛，還同居，而且她還跟我講了一堆校長實名推薦相關的事情，當時我就覺得有點奇怪，但也沒多想，可我今天實在是……」

「沈星若，我的確因為翟嘉靜的話對妳有過一些惡意揣測，甚至覺得妳如果沒有辦法拿到校長實名推薦，那我的機會會大很多，但這次檢舉的事情不是我做的，請妳相信我。」

沈星若看了他一眼，應聲道：「我相信你。」

「謝謝。」何思越笑了笑，只不過那笑持續不到兩秒鐘，他又說，「不過現在妳和陸星延的事情全年級差不多都知道了，妳的實名推薦……」

「那不是我的實名推薦。」沈星若聲音平靜，「這件事上學期王老師就和我提過，一則因為我是轉學生，二則我不用實名推薦也能上P大，推薦只能降門檻分又不能加考試分，對我來說沒有用，所以當時王老師希望我去學武術。」

她又看了何思越一眼，「班長你知道為什麼王老師那時候沒有把武術名額給你嗎？」

她自問自答：「因為王老師和我說，這學期的校長實名推薦名額，有很大機會會落到你的頭上。你成績好，責任心強組織能力強，課外還參加了很多活動，文組班這個名額給你，本來就沒有太大的問題。」

何思越愣了愣。

陸星延到天臺的時候，沒聽見他們之前的話，只聽到沈星若在誇何思越，心裡頓時不平衡了。

偏偏何思越還沒完沒了，「我實在是，沒有想到……」

「我一直覺得這個名額肯定會是妳的，妳每次都是年級第一，形象氣質也好，面試的話肯定能拿C，妳的英語也好，還會彈鋼琴……」

陸星延聽不下去了，在不遠處懶洋洋道：「我說你們，商業互捧也差不多了吧？還吃不吃飯？」

他面上一副雲淡風輕的樣子，實則心裡一團亂麻。

總覺得要是再不出面阻止一下，何思越這傢伙就要拐跑他未來的女朋友相約P大見了！

兩人聊到一半被陸星延打斷，氣氛也不適合再繼續聊下去。

沈星若：「走吧。」

何思越頓了頓，輕聲問了句，「那翟嘉靜到底是怎麼回事？」

「沒事，我會處理的。」沈星若面上看不出太多情緒，聲音也很淡。

何思越卻從「處理」這兩個字聽出點意思了，翟嘉靜怕是真的有問題。

這邊小三角氣氛詭異地共進晚餐，辦公室裡因為沈星若和陸星延的事，王有福還有得忙。

跟校長、年級組長彙報完情況，他又開始聯絡兩人家長。

沈光耀正在看畫展，接到了這通電話稍感驚訝，但也沒有表現出什麼立馬就要去拆散鴛鴦的態度。

文化人說話彎彎繞繞的，王有福聽了半天只聽到一句有用的話——『王老師，我會和星若聯絡的。』

陸山的電話是助理接的，說是陸董還在開會，如果是學校的事情，他可以先聯絡陸夫人。

王有福又重新添了杯金銀花茶，然後打電話給裴月。

不知怎麼的，他覺得這三、四通電話下來，也只有裴月是個能正常溝通的人。

當然，說明完情況他就不這麼想了——電話那頭有麻將聲，緊接著傳來的是裴月大驚小怪的確認：『王老師你說什麼？陸星延和若若有談戀愛的苗頭？』

「不是，陸媽媽，就是……也不是說談戀愛的苗頭啊，就是他們這個年紀互生好感也是正常，但現在這樣關鍵的時期啊……」

裴月直接打斷，『真的呀！王老師你跟我說說是什麼苗頭！』

王有福：「……」

怎麼聽起來這麼喜慶呢？

王有福喝了口茶，又將事情來龍去脈和裴月說了一遍。

同時強調，談戀愛這件事沈星若和陸星延兩人都是極力否認的，他們做老師的也沒有按頭逼兩人承認。

打電話給家長只是想要提醒一下，青春期的男生女生還是應該保持一定的距離，畢竟他們的心智還沒有完全成熟。

他這麼委婉斟酌一番，電話那頭裴月的聲音聽起來竟然有點失望。聲調一下子就降了八個調，唉聲嘆氣道：，『我就知道若若肯定是看不上陸星延，唉。』

『不過陸星延好端端的，他否認什麼呀？』

王有福：「……」

就不該打這通電話。

胡亂結束和裴月的通話之後，王有福捧著保溫杯深思了一番，深切地感覺到自己已經追不上時代發展的潮流，現在家長也太開明了吧？

他坐了一陣子，找出前屆學生送的帶小金鏈的老花眼鏡，裝模作樣戴上，然後自拍了一張，準備發個動態，跟時代接接軌。

海闊天空：『以改革創新為核心的時代精神，是振我中華的力量源泉。我們應該跟隨國家的腳步，與時俱進，敞懷納新！（玫瑰）』

關係密切的往屆學生們留言誇了誇，同事們非常商業地點了讚。

王有福看得心滿意足，正準備去吃飯，年級組長忽然打來電話，『老王，你還有功夫發動態，還在辦公室沒走？那趕緊到我這一趟，上頭下新指令了。』

「不是，我飯還沒吃呢，什麼事這麼急啊。」

『武術加分的事，快點過來。』

王有福聽年級組長的語氣，怕是不太好的事，很快便應下了。

覓食高峰時間，沈星若、陸星延、何思越這小三角的晚飯吃得十分曲折。

覓食的人多，很多家店都沒座位。

他們本想買個煎餅，可連煎餅小攤前面都排了十多個人，最後只能在一家做得不怎麼好吃的米粉店靠牆那排座位勉強落座。

沈星若坐在中間，何思越和陸星延坐她兩邊。

沈星若點了三鮮米粉，何思越點了牛肉米粉。

陸星延本來也想點牛肉，可見何思越點了，他就不想點了，換了紅燒肉的。

晚餐上來，何思越和陸星延兩人雖然沒有任何眼神交流，但格外默契，第一時間就往沈星若碗裡夾肉。

何思越還算正常，只往她碗裡夾了兩片牛肉。

陸星延不知道是想壓倒何思越還是怎麼樣，竟然將所有紅燒肉都堆到了沈星若碗裡。

沈星若默了默，問：「你不喜歡吃嗎？不喜歡吃的話那你點素的就好了，幹嘛都給我？」

陸星延：「不是，妳看妳這麼瘦，要多吃點肉補補。」

「可是我不想吃這個。」

「如果我想吃的話加一份肉也是加得起的，我有錢。」

陸星延：「……」

好了，知道妳是富婆了。

他不以為然，又將紅燒肉搬回了自己碗裡，順便將何思越那兩片牛肉也夾走了。

吃個飯本來就花不了多長時間。

何思越起了三次話頭，可都沒等沈星若說話，就被陸星延這位工地資深抬槓工人給槓了回去。

再加上這期間裴月和沈光耀都打了電話過來，沈星若邊講電話邊吃。

等到吃完，何思越竟然沒能和她說上一句完整的話。

這頓晚餐是沈星若請的。

離開店，何思越便表示要請她喝飲料。

陸星延反應速度奇快，順勢插話，「班長大人，你怎麼只請沈星若，我也想喝，你可不能厚此薄彼啊。」

聲音聽起來十分欠揍。

何思越安靜片刻，很快應聲，「沒問題，我只是以為男生都不喝手搖飲的。」

陸星延：「那是一般男生，我不一般。」

何思越：「……」

一行三人走進奶茶店，沈星若點了個自己喜歡喝的白桃烏龍淡奶奶蓋。

陸星延在店員推薦下，點了沈星若那款的情侶新品，白桃烏龍酪梨奶蓋。

何思越沒進店前也不覺得怎麼樣，但最近天已經開始漸漸涼了，見人手一杯捧著暖手，他忽然也想喝個熱熱的奶茶。

可不等他點，陸星延又拍了拍他的肩膀，似笑非笑道：「班長，我覺得你還是比較純爺們的，說不喝就不喝，不像李乘帆、趙朗銘那兩個傻子，之前還嘲諷我喝手搖娘們兮兮，結果沒過兩天自己也一天一杯，動不動就加糖、加奶蓋，還喜歡點草莓味，真是騷到沒邊了。」

何思越：「……」

陸星延從何思越那欲言又止的眼神中讀出了「實不相瞞，我也想小騷一下」的意思。

但何思越是個正經人，這種話他萬萬說不出口，於是硬生生地把想要嘗試的念頭憋了回去。

陸星延忽然渾身舒坦。

用著情敵的錢，喝著情侶飲料，他覺得送上一杯抹茶奶綠給何思越其實也非常應景。

沈星若實在是看不下去了，冷冷瞥了陸星延一眼，示意他適可而止。

回到班上上晚自習。

見他們三人一起回來，同學們神色有些怪異。

沈星若察覺不對，坐下後問阮雯。

阮雯支支吾吾，「星若，就、就……不知道怎麼回事，我也是吃完飯過來，聽大家說的，他們說，好像是班長檢舉妳和陸星延那個……」

沈星若本來覺得時機還不成熟，不好發作。

可聽阮雯這麼說，她頓了頓，又問：「妳從誰那裡聽來的？」

「就是王慧她們，我室友。」

沈星若忽然起身，走向王慧，問：「王慧，阮雯說，她從妳這聽說，是班長檢舉我和陸星延同居，我想問一下妳是從哪裡聽到的。」

王慧平時和沈星若沒打過什麼交道，沈星若過來的時候，她還愣了愣。

沈星若的聲音平靜又溫和，但可能是身上那股疏落清冷的氣質太過強烈，讓人很有距離感。

王慧聽到這麼直白的問題，緩了緩神，才回答：「楊悅悅上廁所時和我說的。」

沈星若點點頭，又去問楊悅悅。

楊悅悅也指了兩個人。

馬上就要上晚自習了，大家看著沈星若這麼在班上問來問去，一時都有些目瞪口呆。

甚至上課鐘響，副班長在講臺上喊了她一聲，她也沒聽，只說「抱歉，我會承擔一切後果」，然後又繼續問。

這一問甚至問到了隔壁兩個班的同學，可她沒有絲毫遲疑，就這麼堂而皇之去了其他班，拿同樣的問題問流言傳播者。

翟嘉靜坐在教室前排，一開始還不明白沈星若在幹什麼，後面聽同學竊竊私語，忽然慌了。沒幾分鐘，沈星若回來了。

流言的源頭繞回到自己班上，她又問了兩個女生，然後終於——走到了翟嘉靜桌前。

「翟嘉靜，彭飛月告訴我，她和你一起吃晚飯的時候聽妳說，是班長檢舉我和陸星延同居，那請問，妳又是什麼時候，從哪裡聽到的？」

沈星若神色很淡，開門見山。

她心底早有答案，所以此刻也喊不出「靜靜」二字。

翟嘉靜敏感察覺到了沈星若直呼名字這個改變，稍稍安慰收斂的心神，一下子又亂了。

她抿唇，「我好像是下午……」

說到這，她頓了頓。

下午第三節課下課的時候，她和沈星若、石沁一起去上了洗手間，而且那時她剛和沈星若說了自己的推測，引導沈星若聯想何思越。

可下午總共才四節課，她哪來的時間再聽人說。

人一慌就容易出錯，多給她一點時間，她可能能給出一個合理的說辭。

但沈星若這麼直接打上來，她只好按著沈星若這種必須有源頭的邏輯陷阱隨口編道：「我聽四班的鐘小優說的，吃完晚飯路過四班的時候，和她聊了幾句。」

鐘小優是翟嘉靜高一時的好友，如果沈星若按剛剛說過的話再去問一遍鐘小優，她還是有點把握鐘小優會察覺不對，幫她唬弄過去的。

沈星若點點頭，但身體沒動，「陸星延，你能去四班幫我把鐘小優同學請來一下嗎？」

陸星延看了好一陣子戲，心裡已經有點明白了。

這時他偏著頭，懶洋洋地朝她比了個ＯＫ的手勢，直接起身。

陸星延出馬，還有什麼弄不來的人。

何思越也跟著起身，「我跟你一起去。」

回來聽到這麼多傳言，他心裡早就憋足了火氣，還上什麼晚自習。

只有翟嘉靜一顆心如墜谷底。

她確定了——沈星若在懷疑她，甚至不是懷疑，是肯定。

前面的別班同學，沈星若都是自己去問的。

可到她這忽然就不去問了，甚至人就站在這不走了。

她隱約明白，沈星若是要防著自己用手機和鐘小優聯絡。

翟嘉靜慌到不行，臉色也越來越蒼白。

沒過幾分鐘，鐘小優來了。

莫名其妙被帶來一班，鐘小優正納悶著。

她站在門口，進也不是退也不是，想問問這兩個男生找自己來幹什麼，忽然聽陸星延說：

「同學，妳知道我和沈星若對吧？」

年級紅人，當然知道。

她遲疑著點點頭。

「那妳知道是誰檢舉我們談戀愛同居嗎？」

鐘小優迅速聯想了一番，然後搖頭，「不知道。」

緊接著又小聲補充：「欸你們把我找來不會是、不會是懷疑我檢舉的吧，我沒有，我只是聽說過你們，我都不認識……」

所有人的目光都聚集到了翟嘉靜身上。

翟嘉靜在吃晚飯的時候散播的流言，時間不夠，還傳得不夠廣，鐘小優所在的四班根本還沒有聽說。

鐘小優臉上茫然又無辜的表情，簡直是一目了然。

小心思再多，翟嘉靜也只是個十六、七歲的女生，撐到這個時候已經算很能堅持了。

她心神紊亂，又想到很多自己要面臨的後果，忽然忍不住紅了眼睛，但她實在也說不出一句有力的辯解之詞。

沈星若看著她，眼神冷淡又疏離，「翟嘉靜，還有什麼要說的嗎？妳前前後後搬弄是非，看不出來妳這麼厲害。」

翟嘉靜聲音哽咽地搖頭，「不，我沒有，星若妳誤會了。」

「我誤會什麼了，妳現在想說不是鐘小優告訴妳的？那妳說是誰告訴妳的，流言的源頭在哪？」

翟嘉靜的眼淚大顆大顆往下砸，還用手捂住唇。

沈星若忽然將她從座位上拉起來，「妳不要給我哭哭啼啼，賣慘誰不會。我欺負妳還是冤枉妳了？欺負哪了、冤枉哪了，妳要是能說明白，班上同學也能做個見證，我可以在朝會上，當著全校同學的面跟妳道歉。」

剛生起一些同情心並且覺得翟嘉靜絕對不可能做這種事的班上同學，又發現沈星若說的很有道理，如牆頭草般紛紛倒了邊。

沈星若繼續問：「檢舉信也是妳寫的對吧。」

翟嘉靜拚命搖頭，「我沒有，真的沒有。」

沈星若等的就是這句，「妳沒有，妳清清白白，那妳告訴我，妳跟我挑唆是非的時候，怎麼知道那封檢舉信裡寫了我和陸星延是住在哪個社區？」

這時心情最為震驚的莫過於石沁了。

她本來還不敢相信翟嘉靜會做搬弄是非這種事，沈星若這麼一說，她忽然想起來了——

「……如果真的是這樣的話，那還有一點很重要，他是怎麼知道你和陸星延真的住在一起，還知道你們住哪個社區的。」

不過是幾個小時前的事，翟嘉靜說過的話還在耳邊迴盪。

當時她沒細想，可現在驚覺，有人寫檢舉信給校長，檢舉沈星若和陸星延談戀愛同居這件事，的確傳得沸沸揚揚。

但事實上沒有人知道，檢舉信裡都寫了什麼東西。

沈星若適時喊了她一聲，「石沁，妳還記得翟嘉靜說過什麼嗎？」

石沁沉默了一陣子，點點頭，將翟嘉靜說的話複述了一遍。

第二十五章　*My Girl*

一班教室一片死寂。

正在這時，廣播裡忽然響起值班老師的斥責聲，『一班、一班！你們班這是在幹什麼？還當不當現在是晚自習！』

其實按平日的正常情況，早在打鐘沈星若還沒回座位時，值班老師就該殺過來了。

只是今天的值班老師是二十三班班導師，悠哉悠哉吃完飯回到教學大樓，還沒等他去廣播室值班，就被年級組長緊急召去了年級組長辦公室，開班導師會議。

王有福也是到這時才散會，聽到廣播裡在點名一班，他本想往辦公室走，忽然停了停，又轉向一班教室。

沈星若連校長都敢頂撞，自然也不會因為監視器那頭值班老師的警告而怯場。

所以等王有福踱步走到教室門口的時候，見到的就是教室裡寂靜的對峙。

他重重地拍了拍門板，「你們這是在幹什麼，唱戲啊！」

看到翟嘉靜在哭，他更是一下子皺緊了眉頭，「翟嘉靜，怎麼了？」

翟嘉靜的眼淚無聲地往下掉，搖著頭，不說話。

教室氣氛特別奇怪，也沒人主動開口解釋，王有福朝講臺上維持紀律卻像個失靈NPC的副班長招了招手。

副班長怕王有福罵他沒管好紀律，戰戰兢兢走過去，王有福卻只問他班上這是怎麼了，他如蒙大赦，竹筒倒豆子般，完完整整將事情複述了一遍。

王有福越聽臉色越難看。

副班長落下去的心也隨著王有福的臉色變化倏然提了起來，說到最後，他吞吞吐吐，聲音也越來越小，「……就、就是這樣。」

王有福面色沉得快要滴水，「沈星若、翟嘉靜、何思越、陸星延！還有石沁，全都給我到辦公室來！」

說完，他背著手，一言不發地轉了身，離開教室。

社會科辦公室，五人站成一排，全都背著手低著頭。

翟嘉靜在最角落的位置低聲抽泣。

石沁用眼角餘光看了看她，心下不忍，悄悄遞給她一張紙巾。

翟嘉靜垂著腦袋，接了。

王有福先是將沈星若、陸星延、何思越三個人訓了一頓，尤其是沈星若——

「有什麼事不能下課再說？非要在晚自習上鬧！只有妳的事情重要，別的同學的課業就不重要？沈星若，妳的脾氣性格也要改一改了！」

「沈星若她……」

「陸星延你給我閉嘴！我現在是在跟你說話嗎？」

陸星延：「……」

「對不起王老師。」沈星若特別坦然，認錯認得很快，「是我的錯，我不應該耽誤其他同學的讀書時間，也不應該在晚自習生事影響班級評分，今晚晚自習的扣分，我會想辦法補回來。」

王有福聽她認錯，臉色稍微好看了一點。

可馬上，沈星若又接著說：「但請您見諒，這件事我晚自習的時候不做，等到下課就做不了了。」

流言傳播的速度本就很快，傳播初期她還能一個個找過去找到源頭，等上一節晚自習再過個下課回來，那就很難說了。

王有福瞪了她一眼。

她面不改色。

王有福平復一下心情，又轉了轉方向，「翟嘉靜，妳來說，怎麼回事？說何思越檢舉的是妳嗎？檢舉信是妳寫的嗎？」

翟嘉靜擦了擦眼淚，「不是這樣的，王老師。」

其他幾人下意識望了過去。

在教室時，翟嘉靜的確是慌了。

沈星若的步步逼問，讓她沒有多餘的時間去思考，很多問題她都不知道該怎麼去圓。

但值班老師的打斷和王有福的出現給了她緩衝的時間。

就這麼一下子，她的聲音仍舊哽咽，卻不復之前的慌張，「我……王老師，說何思越檢舉的，的確是我。對不起，何思越，對不起，星若。」

王有福見不得小姑娘哭哭啼啼，朝她遞了盒紙巾，皺眉，「別哭了，有什麼好哭的，先擦擦，慢慢說。」

翟嘉靜小幅度點頭，收拾好心情後，哽咽開口道：「其實今天下午，我和星若……沈星若還有石沁說過，我覺得檢舉的人，很有可能是這次校長實名推薦名額的競爭者。」

「其實我心底一直有些懷疑班長，所以和彭飛月吃晚飯的時候就順口說了這件事，我也沒想到這件事就這麼傳了出去。」

她咬著唇，「我很害怕，怕星若誤會，所以我隨口說，我是從鐘小優那聽到的。其實我只是懷疑是班長，沒有證據，傳出去之後就變成了現在這樣子，我真的很抱歉……」

「但檢舉信真的不是我寫的，我當時也只是理所當然以為檢舉信裡會寫具體的住址，畢竟沒有住址的話，我覺得老師們也不會相信。」

翟嘉靜說得很像那麼回事，也很合情合理。

石沁已經信了。

何思越卻半個字都不相信，「翟嘉靜妳憑什麼懷疑我？明明就是妳自己開學時跟我講沈星若和陸星延談戀愛同居！」

翟嘉靜看過去，一臉茫然，「班長你說什麼，我什麼時候跟你說過？我沒有。」

何思越覺得簡直不可思議，「妳這人怎麼這樣！」

「我真的不知道你說的是什麼，你為什麼要這樣子說我？這事情出來之前，我完全不知道星若和陸星延住在一起。」

翟嘉靜心裡很緊張，但她知道，只要她不承認，這件事沒證據，也就沒辦法處理。

兩人各執一詞，到最後只能不了了之。

——畢竟也不是什麼將人打傷打殘的大事。

何思越被氣到不行，實在不懂怎麼會有人說慌說得這麼臉不紅心不跳！

平日的冷靜溫和通通餵了狗，可他也沒證據，於是在辦公室裡發起誓來。

翟嘉靜作勢也要跟著發誓。

兩人之中明顯有一個人在說謊，偏偏兩人平日表現都很優秀，也不是愛惹是生非的人。

王有福也不知道該信誰的說辭，按了按太陽穴，示意停止，「行了行了！還有完沒完！當辦公室是菜市場呢！」

他又對這五個人分別詢問了一番，可也沒問出個什麼結果。

第二節晚自習也要下課了，時間已經很晚，王有福皺了皺眉，「算了，不早了，你們先回去，這件事明天再說。」

何思越急了。

這事哪還能等明天再說？

他可真是小看翟嘉靜了，竟然有女生的心思能這麼壞，把自己摘得一乾二淨就算了，還要往他身上潑髒水。

這件事如果再發酵一晚，他用腳都能想到翟嘉靜怎麼楚楚可憐跟別人說他何思越心機深重，為了校長實名推薦名額不擇手段。

最為要命的是，他檢舉的動機明顯更為充足，而且他還送沈星若回家過。

何思越站在那不想走，可翟嘉靜、石沁已經打算要離開了。

就在這時，沈星若忽然喊了聲，「等等。」

她拿出手機，點開一小段影片遞給王有福。

王有福接了。

看完，王有福臉色沉了沉，抬頭望向翟嘉靜。

翟嘉靜心裡有些慌。

王有福：「翟嘉靜，妳留一下，其他同學回去。」

何思越還不知道發生了什麼，站著不想走，沈星若卻拍一下他的肩膀，示意他走。

陸星延不爽了，將沈星若的手從何思越肩膀上拉下來，趁王有福心思不在他們這邊，又堂而皇之拉住沈星若的手，塞進自己的校服口袋。

沈星若扯了兩次沒扯出來，又不好在辦公室對陸星延發作，打算忍到離開辦公室再教訓他。

出了辦公室，陸星延瞬間鬆開沈星若的手。

沒等沈星若生氣，何思越又迫不及待地問：「沈星若，妳給王老師看什麼了？」

沈星若踩了陸星延一腳，才告訴何思越，「開學前一天，她跟在陸星延後面，進星河灣的影片。」

何思越：「……」

陸星延：「……」

沈星若的邏輯非常簡單，如果是翟嘉靜檢舉的，翟嘉靜肯定知道她和陸星延是真的住在一起。其他人都不知曉，她也沒有告知過，那翟嘉靜一定是親眼目睹過兩人進同一個社區，甚至上同一層電梯，才能有如此推測。

下午，她在翟嘉靜說完懷疑何思越那番話後，很快便察覺出了翟嘉靜話裡的漏洞。

第四節地理課，她無意間看到翟嘉靜桌子旁邊掛著一把墨綠色的傘，就問陸星延，開學前一天，他是不是把傘給了翟嘉靜。

陸星延說是。

當下她就傳了訊息給周姨，讓周姨幫忙去大樓管理那裡查監視錄影。

沈星若很少對某個人產生堅定不移的信任，但很相信證據。

在何思越叫她去天臺之前，她已經拿到了影片，所以她才相信何思越說的那番話。

第二天一早，翟嘉靜沒來上課。

班上同學議論紛紛，下課時有人傳出消息，說看到翟嘉靜和她媽媽在年級組長辦公室，翟嘉靜媽媽的情緒非常激動。

沈星若記得，以前在寢室，翟嘉靜和她一樣很少會提到自己家裡的事情，不像石沁總是她爸、她媽掛在嘴邊。

家長會她見過一次翟嘉靜的媽媽，是個很有氣質的女人。

那時候她本想上前打招呼，卻在身後聽到她教訓翟嘉靜，「妳的室友是第一名，妳為什麼不能考第一名？妳不僅考不到第一，現在連第二都考不到了？翟嘉靜妳是怎麼回事？」

大概這些偏執，也是有源頭的。

整個上午翟嘉靜和她媽媽都待在年級組長辦公室裡。

辦公室時不時有新的消息傳來，其中有個消息特別勁爆——上面派專員明察暗訪，已經瞭解到星城多所學校利用武術比賽漏洞，獲取升學考加分的行為事實，自本屆高三開始，武術加分，取消。

武術加分這事年級裡本來還想斟酌一下再宣布的，但翟嘉靜她媽媽跑學校一鬧，還拿翟嘉靜有加分一定能上T大、P大，學校不能對她進行處分來威脅。

所以就這麼毫無防備地直接傳開了。

與此同時，翟嘉靜選擇了退學。

聽人說，好像是打算轉去星城另外一所名校。

其實她的問題屬於人品問題，事實上並沒有對學校對同學造成實質上的可見危害，學校也不好下什麼嚴重的處分。

再加上她的成績比較優秀，T大、P大不能打包票，考個好的學校還是手到擒來的。

所以年級裡的意思其實是給個警告處分，讓她寫檢討書，然後再向當事人道歉。

但得知武術加分取消，翟嘉靜忽然自己主動提出要退學。

這個結果，沈星若並不意外。

翟嘉靜那樣的人，是不可能留在明禮任人指指點點的。

傍晚放學，陸星延特地從前排繞到沈星若座位那站了站。

阮雯特別識趣，找了個上廁所的藉口匆匆起身。

可還沒等陸星延坐下說點什麼，不遠處李乘帆就朝他招手，「延哥，走了，吃飯！」

陸星延低頭瞥了沈星若一眼，「妳不去吃飯？」

沈星若：「沒胃口。」

陸星延順手揉了她的腦袋一把，「那要不要我幫妳帶點什麼？」

沈星若拍開他的手，想了一下，「那就帶杯飲料吧，還是白桃烏龍淡奶芝士，熱的，今天只要三分糖吧，我不想喝太甜。」

「然後一個蛋包飯，不加番茄醬。再帶一瓶雀巢咖啡，感覺有點睏，晚上可能要提提神。」

「……妳這叫沒胃口？」

沈星若當沒聽到，自顧自說：「我看你這金魚腦也記不住，我用訊息傳給你了。」

真是貼心。

陸星延回自己座位拿上手機，和李乘帆他們勾肩搭背往外走。

從後門出去的時候，不經意間瞥見有個熟悉的身影正走向一班教室，他頓了頓，退回後門。

然後就看見翟嘉靜站在前門那，隔得遠遠地喊：「沈星若，我有話想跟妳說。」

沈星若坐在座位上，沒動，「那妳進來說。」

翟嘉靜：「來走廊吧，放心，我不會對妳做什麼。」

沈星若安靜三秒，起身。

往外走時，她瞥見陸星延還站在後門那，她將要帶的東西用訊息傳過去，又附上一句，『你去吃飯吧，我沒事。』

陸星延想了想，這青天白日的，學校也還有人，翟嘉靜應該做不了什麼，這才一步三回頭地走了。

晚飯時間，教學大樓比較空，偶爾有同學在外閒晃。

沈星若和翟嘉靜並排站在護欄前，遠眺操場。

翟嘉靜半天沒開口，沈星若催了一聲，「妳有什麼話就說吧。」

翟嘉靜轉頭看她，忽然嘲諷地笑了一聲，「沈星若，妳是不是有什麼感情障礙，我好歹也和妳同寢一學期，妳就沒有什麼複雜的心情嗎？」

沈星若：「……」

翟嘉靜：「也是，當初李聽妳也能那麼不留情面，當著全班同學面朝她發作。」

「我看妳才有情感障礙，我和妳同寢一學期，何思越還和妳同學一年多，妳陷害起來，可絲毫都沒有手軟。」沈星若神色平靜。

「妳懂什麼，我真的已經受夠了，妳知道活在別人陰影之下有多難受嗎？」

「我媽媽每次打電話給我就是拿你們兩個來壓我，我做夢都希望你們快點滾出我的生活。」

「我不懂，也不想懂。」

「妳的邏輯很奇怪，自己不夠優秀，不是想著提升自己，而是怪別人太過優秀，那妳轉學也不會好過的。」沈星若已經煩了，「妳如果只是想說這些有的沒的，那可以不用說了，我對妳的心路歷程沒有興趣。」

她轉身。

翟嘉靜在後面喊：「沈星若！」

沈星若稍頓。

翟嘉靜：「妳知不知道，我是從什麼時候開始討厭妳的。」

沈星若沒回頭，「大概是從妳抄了我的讀書心得開始吧，或者更早。」

其實最初，她也曾一度感受到翟嘉靜的善意。

所以明知翟嘉靜極有可能抄了她的讀書心得，她也當做不知道，沒有深究。

所以當她幫王有福整理檔案時，發現翟嘉靜和楊芳是國中同班同學，也不願意用惡意去揣測翟嘉靜從中做了些什麼好事。

她知道這次的事情，也許會有人在背後非議她咄咄逼人。

但她的咄咄逼人之前，已經有過無數次因那一點善意所生出的種種容忍。

陸星延也不知道是怕沈星若受欺負還是什麼，買東西的速度飛快。

沈星若剛和翟嘉靜說完，他就提了一袋東西進了教學大樓。

見沈星若毫髮無損的，他稍稍放心，「都買來了，今天蛋包飯買一送一，我順便也打包了，進去吃？」

沈星若點頭，從他手裡接過自己的那一份飯，還有飲料、咖啡。

始終沒再回頭。

陸星延則從始至終，目光都只落在沈星若一個人身上。

翟嘉靜目送兩人進教室，然後又回過身，愣愣地望著遠處操場。

如果在沈星若出現之前，她勇敢一點，是不是很多事情的走向也會不同呢。

她也曾有很多機會接近陸星延的。

只不過事到如今，唯一值得慶幸的好像是，她在陸星延心中是一個卑劣的路人甲，而不是一個卑劣的暗戀者。

她安靜注視著光禿禿的銀杏林掉落最後一片樹葉。

心想——冬天應該要來了。

她也該以一個卑劣路人甲的身分，退出陸星延的視線了。

或許她從來，就沒在他的視線裡存在過吧。

蛋包飯、飲料、咖啡都有了，沈星若卻真的沒有胃口了。

陸星延從她碗裡舀了一勺，「妳怎麼不吃，這雞蛋味道還不錯，不像周姨做的那個炒蛋，每次都很老，一點都不嫩。」

「也是奇怪，周姨別的菜都做得挺好的，怎麼雞蛋這麼簡單的老是做得很一般……」

「你完了，我晚上回去就告訴周姨，你嫌棄她的菜做得不好吃。」

沈星若收回心神，插好飲料吸管，然後捧著暖手。

陸星延：「欸妳還挺會抹黑人啊，我明明只是說蛋。」

見沈星若捧著飲料，但沒有要喝的意思，陸星延湊上前想先吸一口。

沈星若適時往旁邊偏了偏，嫌棄之情溢於言表，就差沒說「拿開你的髒嘴」了。

陸星延知趣地退回來，也不強求。

可他自己碗裡的蛋包飯不好好吃，總是去舀沈星若的，還特別會找藉口，什麼「妳的比較好吃」、「妳的比較嫩」，聽起來挺不要臉的。

這時間教室人不多，但還是有那麼幾個坐在角落安安靜靜的小透明。

小透明們將透明潛質發揮得十分澈底，假裝看不見這兩人旁若無人的親密熟稔，只是低頭擺弄手機，瘋狂跟自己的好朋友吐槽——

『陸星延和沈星若沒在談戀愛的話，我現場直播切腹自盡！』

『我做錯了什麼，我就不應該留在教室吃飯！』

『陸星延真變態！他說沈星若比較好吃比較嫩！天哪我真的是驚呆了！太變態了！』

『沈星若是陸家的童養媳嗎？為什麼談戀愛被檢舉了他們家長也不管管！Amazing！』

陸星延和沈星若對這一切一無所知。

你一句我一句鬥嘴，一個蛋包飯硬生生吃到大部分同學回了教室都還沒吃完。

直到沈星若瞥見阮雯進教室，但好像因為陸星延坐在這吃飯可憐兮兮地不敢回來，她才發覺這頓飯是吃得稍微有點久了。

她拿筷子戳一下陸星延的飯盒，冷冷道：「吃完了沒？吃完了收拾一下趕緊走。」

沒用滾來代替走，已經是她最後的溫柔。

陸星延不滿，「妳催什麼催，不好好吃飯晚自習怎麼有力氣寫試卷。」

沈星若：「你這麼厲害寫試卷需要用什麼力氣？」

陸星延一秒就反應過來，她是在諷刺自己前幾天偷懶，補習的試卷直接找人借答案抄了一份，結果還因為抄得不認真，抄錯了題目的順序。

當然，他面上還是裝作不知，閒閒地反擊道：「我哪有雀姐妳厲害，轉學過來不到一年，弄走兩個，還弄自閉了一個。」

李聽吃完飯回來，剛好路過附近，面無表情，心裡卻罵了一句：我沒自閉，我現在熱愛讀書天天向上一心向學無欲無求，我的境界不是你這種年級排名一千以外不讀書只能回家繼承家業的人能懂的。

沈星若好像背後長了眼睛，忽然轉頭，「李聽，張老師讓妳去交一下前幾天的國文作文，她要收進下一期的優秀作文裡面。」

李聽一愣，「哦，好。」

然後見鬼般快速走開了。

等李聽拿了試卷離開教室，沈星若才和陸星延說話，「你看看她，哪裡自閉了？」

「我看你也是欠教訓，現在教訓一下，也不知道來不來得及在下學期的優秀作文選裡看見你的作文。」

陸星延：「……」

沈星若：「算了，我為什麼要期待一個寫議論文只知道拿愛迪生發明電燈和司馬遷受宮刑舉例的人能進優秀作文選。」

「噢，我記得你有一次還寫成了司馬光受宮刑對吧。」

陸星延：「……」

「雀姐妳閉嘴吧，我現在就收拾一下回去洗心革面重寫試卷。」

說著他蓋上了飯盒，將這頓飯製造出來的垃圾往塑膠袋裡塞了塞，然後起身。

就憑她這張嘴，他就不該擔心她會被翟嘉靜欺負。

也不知道翟嘉靜臨走前留下了多麼深厚的心理陰影。

隨著翟嘉靜的離開，流言的漸漸平息，還有校長實名推薦名額最終的塵埃落定……

星城的冬天，悄然而至。

十二月，樹木疏落，寒風凜冽。

每天早上六點半起床時，外面的天都是灰濛濛的，光亮很淡。

七點一刻出門的時候也沒好多少，路上行人零星，行道樹樹葉上結著淺淺一層霜。

南方的風是濕濕冷冷的，呼呼一陣吹過來，總像是夾冰帶雪，刮得臉頰生疼。多刮幾下，那疼就變成麻木，手指捧上去能感覺到一片冰涼。

沈星若和陸星延住在一起的事情已經公開，兩人也就沒再避嫌，每天都一起出門。

「走不走？」七點一刻，陸星延單肩搭著書包，靠在沈星若房門口催促，「再不走要遲到了。」

「馬上。」沈星若邊應聲邊拿圍巾。

陸星延看不下去，幫她拎起書包，先一步往外走。

趕在進電梯前，周姨還塞了杯紅糖薑茶給沈星若。

沈星若生理期來了，這幾天特別畏寒，再加上明禮的教室沒有暖氣，上課時特別難熬。

她在冬季校服裡穿了件貼身的小羽絨衣，襪子穿兩雙，還帶齊了帽子、手套、圍巾等裝備。

到樓下時，見沈星若從書包裡拿出一個充好電的熱水袋，陸星延問：「又買了個新的？」

「不是，班長送的。」沈星若一手抱著熱水袋，一手還在弄圍巾。

陸星延滿頭問號，「什麼時候送的？我跟他坐一起他什麼時候偷偷摸摸送禮物給妳的，我怎麼不知道？」

「不是，這又不是過年過節妳也沒生日，他沒事送哪門子送，妳竟然還收了？」陸星延搶過熱水袋，又扯了她的圍巾一把。

「你大驚小怪什麼。」沈星若拉回自己的圍巾，繞了兩圈，綁好。

她本來覺得沒什麼，可陸星延一路都在不停嘮嘮叨叨，她被念得頭昏腦漲，只好解釋了一下。

昨天中午她和石沁、阮雯一起去校外的店看手套，剛好何思越也在那買筆。

石沁調侃何思越，說他拿了校長實名推薦要請客。

然後何思越特別爽快答應下來了，一人買了一個暖水袋送給她們。

確認完三個暖水袋的花色一樣、大小一樣、價格一樣，陸星延終於相信，這是一次非常單純的買單行為。

但他還是將冰涼冰涼的手伸進沈星若圍巾裡，冷了一下她的脖子。

沈星若：「拿開！」

陸星延特別聽話地拿開了，又漫不經心地說：「這熱水袋品質不好，妳看我暖了這麼久，手還是涼的，我沒收了，等下賠妳一個新的。」

「……」

陸星延：「對了，以後不要隨便讓男生幫妳買單，這都是欠下的人情妳知不知道。」

「……」

沈星若想了一下，特別認真地說：「你說的也沒錯，那我耶誕節回送一份禮物給班長，你們男生喜歡什麼？」

「……不是，我還沒說完，人情欠是欠了，但也不是所有的人情都需要還。」

「不，要的。」

陸星延：「不要。」

「這樣，我等一下買個熱水袋幫妳還人情，妳這人情就算欠我的，聖誕禮物送我就好了。」

找到一個這麼優秀的解題方法，陸星延瞬間感覺自己就是個天才。

沈星若想了想，「那就不還了吧。」

說著，她看了一眼時間，快步向前。

「欸沈星若妳怎麼這樣。」陸星延站在原地喊了一聲，然後又三步並作兩步追了上去。

馬上就要耶誕了，進入明禮校園，遠遠可見圖書館前已經多了棵大大的耶誕樹，綠油油的，只是還沒往上掛裝飾品。

教學大樓不少門窗也已貼上雪花和耶誕老人的貼紙。

走進教學大樓前，陸星延還在就耶誕禮物的事情和沈星若討價還價。

沈星若懶得和他說，本來打算先敷衍兩句，忽然她腳步一頓，抬頭望了一下天空，「下雪了。」

陸星延跟著抬頭看了看，「哪有，星城一般要過年前後才會下雪，妳不會是被鳥屎砸了吧。」

沈星若：「……」

又往前走了兩步，這次是陸星延停下來抬頭看天，「還真的下雪了。」

他摸了一下落在瀏海上的雪花，雪花觸手即融。

很快又有幾片飄落在他身上，他撣了撣，「我身上落了好多雪。」

沈星若轉頭看他，冷漠道：「不，你也是被鳥屎砸了，被好多鳥屎砸了。」

「……妳真是睚眥必報。」

沈星若：「睚眥，是ㄗ不是ㄘ。」

陸星延：「……」

兩人壓線進教室。

因突如其來的初雪，本來被冷到精神錯亂的高三學生們突然興奮了起來，早自習都上得心不在焉。

前面兩節課雪還下得不大，到中午，地上終於鋪滿一層白了，從窗子裡往外望去，紛紛揚揚一片素色。

前幾年有部韓劇叫《來自星星的你》，火爆大江南北，也瞬間帶動初雪表白和下雪天吃炸雞、喝啤酒的風潮。

過兩天是耶誕節，剛好是許承洲生日，本來說好要去吃燒烤，但雪一下，狐朋狗友群組裡紛紛改口說要去吃炸雞喝啤酒。

下課時，陸星延見沈星若坐在座位上，於是拿著手機過去問：「許承洲耶誕節生日，妳要不要一起去吃東西？」

「不去了，我不是很舒服。」

沈星若在填同學錄，頭都沒抬。

知道她這幾天生理期來了，陸星延倒是沒強求，只順道瞥了她的同學錄一眼——最喜歡的電視劇：《My Girl》。

雖然沒聽過，但陸星延還是在心裡默念了三遍，然後回到自己座位上搜尋。

……韓劇？

不是，沈星若最喜歡的肯定不是什麼韓劇，大概是什麼同名的小眾美劇、英劇。

可他翻來翻去，只有這麼一部韓劇叫《My Girl》。

大半節自習課他都沒什麼心思寫試卷，乾脆傳訊息給沈星若。

只不過沈星若半點都沒看手機的跡象。

他又寫了張小紙條，夾在書裡，讓人一路傳過去。

沈星若這次倒是發現他的紙條了，不過兩、三分鐘，書又傳回了他的手裡。

——你最喜歡看的那個電視劇我怎麼搜尋不到？是不是還有別的名字？讓我看看，觀摩觀摩。

——我的女孩，也叫兄妹契約。

陸星延：「……」

看不出來沈星若這小姑娘還喜歡禁忌戀。

於是陸星延一邊看不起韓劇，一邊抽空把《My Girl》看完了。

熬夜看著劇，他還真情實感地一下子為男主角感到心酸，一下子又對男二號的愛而不得產生同病相憐之感。

其實如果一開始知道這是個戀愛劇，他肯定不會看這麼認真的。

但他本來以為沈星若最喜歡這部劇，肯定不是表面看起來這麼簡單，他要看仔細一點，注意一下是不是有什麼豐富的內涵哲理，不然回頭共同話題沒找到，還會被沈星若瘋狂嘲笑。

趕在耶誕前看完這部劇，他想了想，保險起見又看了看別人的劇評，好像的確就是個單純的偶像劇。

耶誕如期而至。

適逢週六，不用晚自習，陸星延打算先去吃了許承洲的生日炸雞，再回家和沈星若過一個浪漫的耶誕夜。

正值高三關鍵期，時間有限，許承洲的生日就在離學校最近的一家KFC過了。

他們搬了一箱啤酒，占據餐廳的中心吧檯。

KFC的服務生得知許承洲生日，還為他送上了一頂生日帽。

氣氛本來是很歡樂的，但許承洲最近追理組班一個女生，沒追到就算了，人家前腳剛以高三不想談戀愛目前最重要的還是課業為由拒絕了他，第三天她竟然就和二十三班一個化學競賽生在一起了。

許承洲跑去質問，人家女生只堵了他一句話，「你能考上P大嗎？」

許承洲安靜閉嘴了。

來之前陸星延並不知道許承洲前段時間轟轟烈烈的追人行動這麼迅速就嗝屁了。

想起自己送的生日禮物，感覺又是往許承洲心上重重捅了一刀。

於是他很有良心地安慰道：「這有什麼，我們都考不上P大。」

許承洲可能是受了刺激，看了看陸星延，真誠地勸道：「陸少爺，不是我說你，沈星若上P大肯定是板上釘釘，聽說你們班何思越還和她走很近是吧，人家何思越剛拿了P大的校長實名推薦，你還不出手是等著人家相約帝都見嗎？」

「……我不是正在追嗎？」

李乘帆一口啤酒差點噴了，「你在追？那可真是看不出來。」

「你他媽眼瞎了吧。」

說著陸星延提起另一份給沈星若準備的耶誕禮物展示了一下，然後又隨手拿起啤酒喝了一口，斜睨他們一眼，「我為了準備這個耶誕禮物，可是看了一部她最喜歡的韓劇，你們懂個屁。」

——語氣裡滿滿的優越感。

狐朋狗友們集體安靜了幾秒，然後又集體解除封印：

「不是，你不是和沈星若住一起嗎？你他媽也……不是，你這也太純情了吧我的天。」

「延哥，我真的已經很多年沒見過這麼樸實的追人方式了，你不說在追，我可能以為你還在暗戀人家你知道嗎。」

陸星延納悶，「我看起來不像在追人？我覺得我現在已經特別像個天天捧女神臭腳的屌絲了，這他媽還要怎麼追？」

李乘帆喝得有點臉紅，又憋不住笑，「不，我糾正一點啊延哥，你不是像，你在沈星若面前就是個屌絲。」

陸星延冷冷覷他一眼，然後又一腳踹了過去。

李乘帆熟練躲開，實在是特別想笑，「我的天我真的是，哈哈哈哈哈哈，你和沈星若住在一起你不會隔三差五不小心掉個浴袍、浴巾，晚上上廁所假裝走錯房間，近水樓臺先得月你有沒有聽過？你為什麼這麼純情哈哈哈哈！」

趙朗銘也看不下去了，接上李乘帆的話，繼續教學，「延哥，我覺得你搞錯了方向，你像個屌絲或者就是個屌絲這都沒用，你知不知道？因為女神根本就不喜歡屌絲。你要像個霸道總裁，女的都喜歡霸道總裁。」

陸星延皺眉，「我覺得我有時候也挺霸道的。」

比如搶她的牛奶、搶她的飲料、搶她的熱水袋……

「不是，重點不是霸道，延哥你智商是不是出了點問題？」

「欸你還記不記得你表哥的竹馬，就是上次酒店那個老總，女生喜歡那樣的，呼啦啦後面一群人，就特別有排場。」

「算了我看你也理解不了，簡單點就是說，女生喜歡有顏有錢的，你準備的什麼耶誕禮物啊，禮物甭管是什麼玩意，主要是要往貴重的挑。」

趙朗銘苦口婆心BLABLA了一大段，陸星延都沒聽進去，他還是覺得他準備的禮物沈星若肯定喜歡。

說了一堆，由於壽星公本人許承洲不在狀態，不到九點，大家就各回各家了。

陸星延回家的時候，沈星若在房間寫試卷，陸星延敲了敲門進房，然後將禮物遞給她。

沈星若接了，「這是什麼？」

陸星延撓了撓頭，不以為然道：「妳不是喜歡看那個韓劇嗎？韓劇裡男主角老是送給女主角的東西，我在網路上隨便買了個一樣的。」

沈星若一下子就想到了是什麼。

她頓了頓。

其實這部韓劇已經很老了，但她去年冬天才看，然後反覆看了四、五遍。

倒也沒有什麼特別的緣由，只是被全世界背叛的感覺，很想在電視劇裡找找慰藉。

她當時好像還想過，希望她以後的男朋友，也可以送她一個水晶球音樂盒。

見沈星若半天不動，陸星延還在想該不會被趙朗銘說中了吧。

他雙手插在口袋裡，做出一副漫不經心的樣子，「我隨便買的，妳不喜歡就隨便妳處理吧。」

他打了個呵欠，轉身揚手，「我先回房洗個澡。」

「不是。」

「我很喜歡，謝謝。」

陸星延背對著她，唇角翹了一下。

等陸星延出了房門，沈星若才脫下手套拆包裝。

可禮物盒一打開，沈星若原本的期待倏然凝固。

她安靜了幾秒，忽然拿著盒子衝進陸星延房間。

陸星延剛脫下外套，還沒等他看清沈星若是什麼表情，就猝不及防被一個電動的東西砸中了，緊接著又是洋洋灑灑的超薄保險套糊了他一臉。

「陸星延你是不是變態啊！」

陸星延一秒反應過來，「不是，沈星若！我可以解釋，搞錯了！」

沈星若平生第一次見到真實的情趣用品，耳根已經發燙，罵完陸星延就面無表情趕緊回房了，並且暗自決定將準備送給陸星延的耶誕禮物扔進垃圾桶。

陸星延鞋都來不及穿，邊敲沈星若房門，邊打電話給許承洲，「許承洲你他媽趕緊把水晶球還給我！那是給沈星若的禮物我送錯了，現在立刻馬上給我送來，我在家裡等你！」

許承洲收了一堆禮物，可全都是些不正常的東西。

只有陸星延的水晶球，雖然有點娘，但在這寒冷的冬夜裡還顯得有那麼一絲熨帖。

可他還沒來得及感動，就接到了這通電話。

還沒戀就已失去的悲傷與考不上P大的自尊心受挫本就讓人意難平，再被陸星延這寒心的話一刺激，許承洲整個人炸了，直呼其名道——

『陸星延你要不要臉我今天生日你還要把生日禮物要回去！』

『你要回去就算了你他媽還要我冒著淒風苦雨寒霜冰雪給你送到家門口，是不是還要我順便承擔一下快遞和外賣的功能幫你帶份關東煮再幫你扔個垃圾啊！』

『去你未來女朋友的！我他媽祝你永遠追不到沈星若！』

第二十六章　耶誕節

前面那些氣憤之詞，陸星延看在他今天生日的分上也就忍了，可最後這句他是無論如何也忍不了的，誰他媽動不動就詛咒人永遠也追不到人？簡直是道德敗壞喪心病狂。

在許承洲吃了熊心豹子膽發洩完就打算撂電話的千鈞一髮之際，陸星延喊住他，「等等，許承洲你等等，給我把最後一句話撤回去，快點。」

『撤什麼撤，我不要！』

許承洲很有骨氣，要是陸星延站在他面前，他還敢往陸星延臉上「呸」一下。

陸星延門都不敲了，深呼吸完，沉聲威脅道：「你撤不撤？我跟你講你現在撤回去什麼都好說，罵我幾句我都不跟你計較了。」

許承洲不知道想起了什麼，沉默片刻，好像清醒了不少，又說：『說都說了怎麼撤？「我，許承洲，撤回對陸星延永遠追不到沈星若的詛咒」，這樣？』

陸星延：「對，就是這樣。」

傻了吧！

最後陸星延還是讓許承洲撤回了詛咒，並且從許承洲手中拿回了他的韓劇同款水晶球。

——在他補了個遊戲機給許承洲當生日禮物過後。

只不過耶誕節已經過了，沈星若冷眉冷眼地，好幾天都不理他，換回來的禮物也沒見到她拆來開看一眼。

陸星延很納悶，週三晚上吃飯的時候，還一直在想這事。

想著想著，他忍不住敲了敲趙朗銘的碗邊，問：「我都解釋好多遍了，又不是什麼大不了的事，她這是什麼態度？」

趙朗銘抬頭，從他碗裡順了個雞腿，特別過來人地解釋道：「這你就不懂了，她什麼態度，完全是取決於你之前是什麼態度。」

陸星延聽得認真。

趙朗銘邊啃雞腿邊調侃，「不是我說啊，你怎麼能把送許承洲的東西和送沈星若的東西搞成一樣的包裝？這不是告訴沈星若她和許承洲沒什麼不同嗎？我之前不是還教你，送女生的禮物必須要獨一無二，你弄得和市場批發似的誰高興得起來？」

「……」

不是，他之前教的不是必須貴重？

陸星延暫時沒工夫計較這些，只覺得莫名其妙，「不過就是個包裝，至於嗎？裡面又不是一樣的東西。」

要知道他能想到去文具店買包裝，已經相當不容易了。

趙朗銘吃了一口飯，揮舞著雞腿囫圇道：「你不能這麼想，你就想……想想你打遊戲，對，就是打遊戲，系統說好的極品道具，掉落機率特別低，你氪了好幾千塊才拿到，還沒爽上兩天又變成了連續登錄免費送，你氣不氣？想不想罵死官方爸爸？」

氣，想罵。

「……」

雖然這個比喻感覺哪裡不對勁，但陸星延還是被說服了。

吃完飯，回教室上晚自習，陸星延特地帶了杯沈星若最喜歡的白桃烏龍奶蓋給她。

可一進教室，他遠遠瞧見沈星若手裡已經捧了一杯，也就沒有不識趣地往前湊。

坐回自己座位，他將飲料往何思越桌上一放。

何思越覺得莫名其妙。

陸星延：「請你喝。」

何思越：「……」

陸星延轉了轉筆，雲淡風輕道：「對了，你不忙的話教我一下數學題吧，就是今天說的那張數學試卷。」

這是趙朗銘告訴他的——真正的男人，就是要勇於向情敵不恥下問。

何思越顯然沒反應過來，遲疑片刻才問：「今天的數學試卷嗎？你哪裡不會？」

見陸星延沒出聲，他善解人意地換了個方式問：「你哪些是會的？」

陸星延：「……」

這哥們現在是在看不起誰？

他忍了又忍，想到河都沒過不好拆橋，這才勉強克制住將試卷往何思越臉上糊的衝動，轉而在試卷上圈圈畫畫，然後遞給何思越。

這個晚自習，陸星延十分難得地沒有作亂，安安靜靜寫完作業，還寫完了一整張數學試卷。

晚自習結束時，外面又下雪了。

沈星若和石沁、阮雯一起往外走。

走到校門口，三人不順路，揮手作別，陸星延這才上前。

他雙手插在口袋裡，手肘稍屈，撞了沈星若一下，「喂，我作業寫完了，數學試卷也寫了，回去幫我看看。」

沈星若瞥他，「轉性了？」

陸星延挑眉，輕哂了聲，「妳開玩笑，我認真起來還有你們這群書呆子什麼事，我跟妳說，等一下妳抽查我單字，隨便妳抽，A到L的我全都背完了。」

外面溫度低，陸星延挺有優越感地吹著牛，一團團白氣往外冒。

小雪花落在他鬆軟的瀏海上，笑起來露出的一半牙齒瑩潤又整齊……

陸星延忽然停下，「妳看我幹什麼？」

沈星若回神，「被你的帥氣眩暈了。」

陸星延笑，「欸沈星若，真的假的，我現在真的分辨不出妳是說真話還是假話了。」

「算了，我就當真的聽聽。」說著，他理了理自己的瀏海。

「……你剛剛說A到L的都背完了？那你翻譯個句子。」

陸星延點頭。

「What a foolish guy you are.」

陸星延認真想了想，「foolish，愚蠢的。那就是，什麼愚蠢的 gay 你是。」

一字一句翻譯完，他反應過來，「哦，你是什麼愚蠢的同性戀？」

「……你真是蠢到家了。」

「……」他追上去，「不是，我說錯什麼了？不是這個意思那是什麼意思？」

沈星若停下來，雙手插在口袋裡重複，「你真是蠢到家了。」

這小姑娘什麼毛病，一開口就罵人。

夜裡雪越下越大，加上前幾日下的凝成了冰，還沒完全融化，往星河灣的路都被覆蓋上了薄薄一層新雪，踩上去印上的腳印格外清晰，聲音咯吱咯吱的。

冒雪回家，沈星若泡了個熱水澡，換上厚厚的羊絨外套，站在陽臺上看雪。

她忽然想起什麼，回身從書櫃裡找出陸星延送的水晶球。

其實這個年代，好像很少有人拿水晶球當禮物了，聽起來怪老土的。

現在送禮物給女生，口紅、護膚品、香水已經成了標準配備，就連高中生也不例外。

但沈星若還挺喜歡這種……老土的禮物。

打開水晶球的開關，裡頭鵝黃色的月牙會散發出柔和的光芒。轉動發條，《天空之城》熟悉的前奏隨之響起。

她捧著水晶球晃了晃，沉在球底的彩色亮片紛紛揚揚，飄舞閃動，與窗外雪花格外合襯。

陸星延洗完澡，跑來敲沈星若房門。

沈星若將水晶球放回書櫃才開門。

他晃了晃手裡的書本和試卷，又不正經地鞠了一躬，「沈老師，晚上好。」

沈星若沒理他，接過試卷，邊看邊往回走。

「都是你寫的，不是抄的？」沈星若坐在書桌前問。

「妳別看不起人好不好，對我的人品有點信心。」他也拉開張椅子，順勢坐下。

沈星若又問他解題方法，他都答出來了，這才勉強相信。

補習進行到晚上十二點，陸星延看了一眼時間，忽然說：「再上兩天課就要放元旦了吧。」

沈星若看了看桌上日曆，還真的是。

她剛來星城的時候，還是春寒料峭的二月。

不知不覺，竟然又是一年。

陸星延：「對了，今年過年妳回不回匯澤？」

沈星若稍頓，「不知道。」

「寒假好像只有十幾天吧，我覺得妳要是不想回去的話，就別回去算了，過年就別讓自己不開心了，而且來來回回的也累人，我們家過年還挺熱鬧，我可以帶妳放煙火什麼的。」

陸星延摸了摸脖子，語調輕鬆。

沈星若蓋上日曆，「再說吧。」

也是，還有一個多月。

陸星延沒再多說什麼。

這次元旦是週六，大家不敢奢求完完整整的三天假期，但總想著他們應該能擁有一個完整的週末。

可現實通常就是那麼冷酷無情，元旦前一天，學校通知他們週六放假，週日補課，並且週五的晚自習還是要上。

聽到這個安排，一班小雞仔集體哀嚎。

王有福站在講臺上，捧著保溫杯，老神在在地唸：「你們都高三了，什麼假不假的，這是你們應該考慮的嗎？每個星期都有一天假已經很不錯了。」

「你們看看隔壁一中，早八百年高二分班就沒有完整的週末了，高三都只放半天假，爭分奪秒地讀書，你們說說還有什麼不滿足的？」

「現在最重要的就是升學考，升學考完你們還怕沒假可放？上大學了你們還怕沒假可放？你們這態度到時候考不上大學那天天在家都是放假！放到你再也不想放！」他伸了根手指頭指指點點，「晚自習一個都別給我跑啊，別總想著回去看什麼跨年晚會，唱的跳的都是些什麼啊，好好看看公民難道不比什麼都強？」

底下依舊萎靡，只是無人敢再哀嚎，通通安靜如宮保雞丁。

這幾日積雪已經越來越厚，掃完一層又是一層。心不在焉地上完晚自習，陸星延和沈星若踏雪回家。

周姨是個養生派，講究早睡早起，等到他們回來，盛了碗海帶排骨湯給他們就回房睡覺了。

兩人則坐在客廳烤火，邊喝熱湯，邊看跨年晚會的節目。

晚會八點開始，到他們回家時，節目差不多已經過半。但好幾個電視臺爭奇鬥豔，也不愁挑不到精彩的節目。

沈星若對幾個男明星還挺有好感，看到他們的節目時會誇上兩句。

陸星延聽不得她誇別人，她非要誇，他也就非要三百六十度無死角地說一遍那明星的黑歷史，什麼假唱劈腿不敬業耍大牌之類的，然後再換一個頻道，看其他臺的跨年晚會。

看到十一點半，陸星延忽然從沙發上起身，掀開窗簾，往外面看了看，然後回頭說：「沈星若，跟我一起下去，我送妳一個元旦禮物。」

「什麼？」沈星若沒動。

陸星延：「下去就知道了。」

沈星若：「太冷了，我不想動。」

陸星延想了想，「也行，那妳等一下記得接電話。」

說完，他拿起外套，自己出門了。

陸星延提起禮物，沈星若想起之前準備的還沒送出，但也沒扔垃圾桶的耶誕禮物。

她起身，回房找了找，然後又找出張卡片，寫祝福語。

To 陸星延：

寫完開頭，她又不知道要繼續寫什麼。

坐在書桌前想了半天，手機忽然震動。

『沈星若，快去妳房間的陽臺！』電話那頭陸星延的聲音像是冬日新雪那般乾淨清澈。

沈星若往陽臺走，打開窗，目光往下掃了一眼，然後她看到陸星延站在雪地裡朝她招手，旁邊好像還有一個小雪人？

隔了三十多層樓，沈星若實在看不太清楚，對電話說：「你等一下，我馬上下來。」

她掛了電話，回到書桌前匆匆寫下一句常用的祝福語——祝你心想事成，天天開心。

又將卡片塞進禮品袋，連鞋都忘了換就下樓了。

「元旦禮物，怎麼樣？」陸星延站在雪人旁邊，朝沈星若揚了揚下巴。

他的技術實在是有些簡陋，工具又不足，雪人的眼睛、鼻子還算齊全，但沒有帽子也沒有手。

沈星若違心地表揚了一下，「挺好看的。」

陸星延滿足了。

沈星若：「對了，上次買給你的耶誕禮物。」

陸星延稍感意外，「妳還準備了禮物啊，什麼東西。」

他在雪地裡忙了好一陣子，手已經凍得通紅，沈星若將禮品袋遞過去的時候，不小心碰到他的手，下意識瑟縮了一下。

沈星若：「你徒手堆雪人嗎？你是不是智商有問題，會長凍瘡的。」

見陸星延的手彷彿沒了知覺，拿個禮物都吃力，她搶回來，自顧自抽出盒子。

盒子底下的圍巾她沒動，只把放在面上的手套拆了。

陸星延注意到裡面有張卡片，往手上哈了哈氣，拿了出來。

他看到祝福語，忽然一笑，揚眉問：「欸沈星若，妳是不是真心的？」

沈星若抬頭看他。

陸星延：「心想事成天天開心還不容易，妳做我女朋友我不就心想事成天天開心了。」

「……」沈星若沒說話，想讓他戴手套。

「這手套還沒有妳的手暖和，讓我暖暖。」

陸星延被冷得輕嘶一聲，乾脆放下卡片，握住了她的手。

秒針剛好從五十九轉回零，十二點整，四面八方的煙火騰空綻放，發出「砰」的聲響。

沈星若看了他一陣子，忽然說了句話。

可煙火齊放的聲音震耳欲聾，陸星延和她面對面站著，只見她唇動，沒聽見聲音。

「妳說什麼！」陸星延很大聲地問。

他的聲音同樣被淹沒在煙火升空的巨響之中，等到這陣煙火燃畢，他又問了一遍，「妳剛剛說什麼？」

沈星若的目光從遠處收了回來，輕描淡寫道：「噢，我說新年快樂。」

不是，她剛剛不止說了四個字吧。

陸星延正狐疑，沈星若忽然將手抽出，往旁邊走。

她找了兩根樹枝，插進雪人身體，當作雪人的手。

陸星延在一旁頗為專業地評價，「這兩根太長了，妳不覺得不協調嗎？」

他上前將兩根樹枝扯出來，將其中一根掰成兩節，然後插回去，「這樣好多了。」

沈星若不置可否。

陸星延自顧自撿起剩下那根樹枝，在雪人前面的地上寫字，「沈星若的小雪人。」

另起一行又寫，「——陸星延贈。」

他的字歪歪斜斜，不是什麼正經好字。

沈星若從他手裡接過樹枝，繞到雪人後面寫。

他剛要跟過去看，沈星若就喊：「你不許看。」

「憑什麼，我就是要看。」

陸星延很剛烈，沈星若更剛烈，人還沒走過來，她就用樹枝把雪撫平了。

陸星延站了幾秒，又往後退，不以為然道：「好好好，妳寫妳寫，又不是什麼了不起的國家機密，妳以為我真的想看啊。」

看著陸星延退回雪人正面，沈星若才繼續寫字。

寫完，她將樹枝一扔，也不給陸星延偷窺的機會，催他往回走。

陸星延：「妳急什麼，我辛辛苦苦堆了這麼久還沒拍照呢。」

「明天又不會融化，再說了晚上拍出來效果也不好。」不等陸星延說話，沈星若又垂眸看自己的拖鞋，「我的鞋好像濕了。」

陸星延順著看過去，「真是服了，外面這麼厚的雪妳不會換鞋嗎？」

他不再耽擱，反手拉住沈星若，快步走進社區大樓。

上樓這一點時間，兩人還不忘你來我往地鬥嘴。

一路鬥到門口，沈星若懶得再多費口舌，屈起膝蓋輕輕撞了陸星延一下，「別廢話了，開門。」

陸星延一頓，「妳怎麼不開。」

「我又沒帶鑰匙……」沈星若話說到一半，忽然想到什麼，轉頭看他，「你不會也沒帶吧。」

「我出門的時候妳還在家，我當然不會帶。」陸星延莫名，「不是，沈星若妳才智商有問題吧，妳最後出門竟然沒帶！」

沈星若連鞋都忘了換，哪還記得鑰匙，但她面對陸星延時，字典裡就沒有「認錯」這兩個字。

於是淡淡蹙眉，不耐道：「行了，現在吵能吵出一把鑰匙嗎？」

「陸星延你知不知道為什麼你認真複習這麼久還是沒考上五百分？就是因為你在遇到事情的時候總是不會第一時間想解決辦法，而是做一些無謂的爭執，你真是完美詮釋了什麼叫做事倍功半，你這樣怎麼能獲得進步，你自己好好想清楚，到底是過程重要還是結果重要。」

陸星延：「……」

他加起來還沒說上五十個字，就收穫一篇教做人的小作文了？

陸星延傻愣時，沈星若已經打了電話給周姨，說兩人下樓看煙火，忘了帶鑰匙。

周姨很快起身。

她披著外套，邊幫兩人開門邊碎碎念：「哎喲星若妳怎麼穿個拖鞋就下去了，是不是濕了，我幫妳接點熱水泡泡腳。」

沈星若：「不用麻煩了周姨，我等一下直接洗澡。」

周姨：「那也行。」

陸星延關上門，隨口說了句，「改天換個指紋鎖，這鎖什麼年代的東西了。」

周姨邊上樓邊說：「你爸不喜歡指紋鎖、密碼鎖，還有現在那什麼……面容識別吧，以前老是有小屁孩去按按按，按個幾次錯誤，就不停傳錯誤警報給手機，一天能接到好多次呢。」

陸星延無語。

見沈星若進房，他也回了房間。

夜色昏暗，手又凍得沒了知覺，他剛剛還沒來得及仔細看沈星若送的圍巾。

進房間後，他洗了個戰鬥澡，專門根據圍巾顏色，搭了一身新的衣服，然後圍好圍巾，站在鏡子撣了撣瀏海，擺 Pose。

跨年夜狐朋狗友們自然不會早睡。

李乘帆他們幾個組隊玩遊戲，輸了一局，正想回群組裡互相甩鍋，沒想到一下子沒看，群組裡已經被陸星延的自拍霸占。

李乘帆：『延哥，你真是娘到讓人心悅誠服呢。』

趙朗銘：『騷0本0。』

兩人 Diss 完往回翻才發現，前面陸星延還傳了一則文字訊息──『沈星若送的圍巾和手套。』

陸少爺顯然心情很好，文字訊息下方還有一則發紅包的訊息。

點開一看，面額不小。

OK。

兩人非常默契，以迅雷不急掩耳之勢撤回剛剛傳送出去的訊息，假裝無事發生，再開口時語氣陡變，瘋狂吹捧。

趙朗銘：『恭喜陸少爺賀喜陸少爺，跨年夜送禮物這是拿下了？』

李乘帆：『廢話，延哥一出手就知有沒有，四捨五入孩子都有了。』

陸星延對這收錢辦事的商業吹捧十分受用。

他起身到窗臺旁看了看，雪還在下，雪人也好端端地待在樓下，他放心了。

可走到床邊，他停了停，像是想到什麼，又折返至書桌前，翻箱倒櫃找東西。

好半天，他找到個蒙塵已久的望遠鏡，也顧不上好好拾掇，直接拿了望遠鏡走到陽臺上，推開窗一本正經地往下望。

夜裡只餘月光清淺，這玩具似的望遠鏡看半天，只能勉強看清雪人，前後的字是無論如何也看不清楚。

雪還在不斷往下飄落，再等一陣子，沈星若寫的那些字就會澈底被蓋住。

陸星延心念一動。

他動作很輕，見沈星若房門的縫隙都沒往外透光，才輕手輕腳出門下樓。

走到堆雪人的地方，他借著手機燈光，看到自己之前寫的字還依稀能辨認出來，心下大定，繞到背後去看沈星若的，他不管三七二十一，先拍照再說。

拍完他蹲下仔細辨認。

「你的背？是背字嗎？」他自言自語，「背、背後有鬼？」

陸星延連起來重複了一遍，「你的背後有鬼？」

他莫名心頭一跳，下意識回頭——什麼都沒有。

靠……

三更半夜的不提也就算了，仔細想想還真是怪嚇人的。

雖然什麼都沒有，但陸星延感覺得到自己背後被嚇出了一身汗。

好在手機適時響起一聲訊息提示音。

沈星若：『（您的智商已欠費.jpg）』

陸星延抬頭，只見沈星若靠在窗邊，朝他晃了晃手機。

陸星延：「……」

他再一次對自己的眼光產生了懷疑，他陸星延上輩子到底是做了什麼孽，這輩子要喜歡上沈星若？

回到樓上，陸星延站在門口，又想起一件更加讓人心煩的事——沒錯，他又沒帶鑰匙。

叫沈星若開門是永遠不可能的，他情願凍死在樓梯間都不會叫沈星若來開門的。

那還能怎麼辦呢。

陸星延琢磨好藉口，準備打電話給周姨。

正在這時，門開了。

沈星若站在門口，從上至下打量完他，問：「又沒帶鑰匙。」

也不能說她是在問，因為她完全是用陳述語氣說話。

「赫拉克利特說『人不能踏入同一條河流兩次』，陸星延，你是怎麼做到一個晚上做兩次一模一樣的蠢事的？」

不等他說話，沈星若又自問自答道：「也是，他只說人不能，沒說豬不能。」

「……誰說我沒帶鑰匙。」

「噢，你帶了，那你自己開。」沈星若看著他，點點頭，作勢就要關門。

陸星延眼疾手快，在她關門之前擠了進來，然後又將她壓在門板上，整個圈住。

陸星延身上帶著外面新雪的味道，清清冷冷的，混合著熟悉的青草沐浴乳香，讓沈星若在一片黑暗之中，莫名其妙紅了耳朵。

「沈星若我告訴妳，我忍妳很久了，妳不要仗著我喜歡妳就這麼肆無忌憚嘲諷我，聽到沒。」

陸星延靠得很近，聲音也壓得很低，語帶威脅。

可說是威脅，聽起來更像調情。

沈星若沒說話。

陸星延見狀，稍稍鬆了鬆，還在想是不是說重了。

轉瞬一想，剛剛被嚇一跳的事還沒算帳，不能就這麼算了。

再想得深遠一點，現在還沒交往，沈星若就已經有爬到他頭上作威作福的架式了，如果不管管，以後交往了他還有站著說話的日子嗎？

說到交往，他倒是想起兩人在樓下時，煙火蓋住的那句話。

當時他正在調侃沈星若，讓她同意做自己女朋友。

她那句話該不會真是同意吧。

陸星延回想了一下沈星若的口型。

按照字數長短來算，他其實覺得，沈星若說「夢裡什麼都有」的可能性，比說「我答應你」的可能性要高出很多。

但心底一竄出了希望的小火苗，就很難死心。

他壓著沈星若，問：「剛剛放煙火的時候妳說了什麼，說實話，說了我就放妳回去睡覺。」

沈星若盯著他，眼睛一眨也不眨。

眼看沈星若就要開口了，忽然，二樓傳來開門的吱呀聲。

陸星延一怔，按住沈星若往下蹲。

他蹲得稍早，又捨不得放開沈星若，直接導致沈星若蹲下後膝蓋將他的往下壓，壓成了跪姿。

可現在這些都不重要了，重要的是——周姨下樓了。

一樓倏然亮起一盞暖黃色燈光。

沈星若和陸星延四目相對，聽著周姨的腳步聲，心跳速度不約而同加快。

那腳步聲越走越近，一步、兩步、三步……

在大概還有三、四公尺的位置，周姨停下了。

她推開廚房的門，看了看爐火上燉著的湯，又喝了口水，然後扶著老腰，慢吞吞地上樓了。

直到燈光暗下，房門吱呀聲再次響起，兩人才鬆了口氣。

周姨剛醒了一趟，肯定沒那麼快睡著，兩人都識趣地沒有動彈。

夜裡陸星延的眼睛還是明亮清澈的，皮膚也白。

見他一副劫後餘生的慶幸表情，沈星若覺得……他其實還挺可愛。

「看什麼看？」陸星延用氣聲問。

沈星若沒理他，又盯著他打量了好一會兒，忽然湊上前，在他耳邊說：「剛剛放煙火的時候我說，考試完我就答應你。」

她也是用氣聲說的。

氣息溫軟濕熱，噴灑在耳畔，陸星延感覺自己渾身都燒起來了。

他沒聽錯吧，考試完就能積分兌換一個女朋友了！

靠，為什麼現在才一月一號，什麼時候考試？六月七日、八日？

他像是喝了假酒般一秒亢奮，甚至覺得男子漢大丈夫能屈能伸，跪著說話也挺好。

元旦假期只有一天，大家都感覺還沒怎麼過就直接結束了。

返校上課，又是無止盡的大考小考。

幾天時間，何思越深切地感受到他的隔壁鄰居好像被改造了，整個人都處在一種莫名亢奮的狀態。

上課不打瞌睡了，會舉手回答問題了，而且還會主動提問了。

最可怕的是，最近的一次文科測驗，他考了二一零分。

這次測驗難度不小，全班最高分是沈星若，二七四分。

當然，沈星若的成績不能拿來當普遍參考，能拿來當普遍參考的是全校平均分——一六九分。要求再高點，一班的平均分是二零三分。

陸星延好像是文科測驗以來，第一次考超過班平均分。

何思越看到成績，還誇了誇，「你最近讀書狀態好像很不錯。」

陸星延可有可無「嗯」了一聲，忽然又睨他一眼，說：「你不懂。」

何思越：「……」

李乘帆剛好過來找陸星延，賤兮兮地幫他接了句話，「我懂我懂，愛情的力量是偉大的。」

何思越：「……」

陸星延唇角上翹，卻又故作姿態踢了李乘帆一腳，「你他媽別敗壞沈星若清譽。」

「對對對，女神清清白白，高中不談戀愛。」

李乘帆最近收了陸星延不少好處，做人做事愈發沒有底線，捧臭腳捧得臉不紅心不跳，活生生一條當代狗腿。

但沒辦法，陸星延就喜歡這種直白又虛偽的吹捧。

李乘帆心一狠眼一閉，心想吹捧就好了，於是接著女神的話頭又把沈星若和陸星延輪番吹捧了一遍。

直到何思越聽不下去默默起身，他才收了收，勾著陸星延肩膀問：「欸陸少爺，去不去洗手間？」

他比了個抽菸的動作。

陸星延想都沒想直接揮退，「不去，馬上要期末了你能不能也上點心。」

李乘帆在桌底接過他遞來的菸，又湊近提醒了一句，「延哥，你是不是入戲有點深？」

「別說了，不複習就快點滾。」

說著陸星延還真的找了張試卷攤在桌上，一副要專心看書的狗樣子。

其實這學期陸星延對課業還真的挺認真的，只不過明禮月考一次比一次難，一路考下來沒看到什麼明顯進步，他沒往外表現，但內心真的是快要崩潰了。

幸好沈星若及時注了一劑強心劑，他這艘馬上要翻的船瞬間穩如泰山。

背完一輪單字上期末考場，陸星延驚奇地發現，試卷不天書了，時間也夠用了，他平生第一次在考場上感受到什麼叫做「我他媽基本都會做！」

考完去一樓考場找沈星若，沈星若正在和何思越討論問題。

陸星延上前聽了一耳朵，冷不防來了一句，「我也選B，本來我是打算選C的，但那女的最後不是還說了什麼……我也沒聽懂，但我聽到了unfortunately，這不是可惜的意思嗎？那應該和之前表達的意思相反才對吧。」

何思越安靜，看了他一眼。

陸星延想自己是不是又說錯了什麼，搞出了什麼笑話。

何思越笑了一下，「對，我記起來了，最後那句我也沒聽清楚，但你說unfortunately，應該是沒錯的。」

沈星若戴上手套，拍了陸星延腦袋一下，淡定表揚道：「不錯，有長進。」

陸星延看到她的唇角很淺地翹了一下，嘴角也忍不住瘋狂上揚。

偏偏他還要情敵面前端出一副「我天資聰穎隨便學學就吊打你們這群書呆子」的雲淡風輕模樣，就很欠扁。

直到離開教學大樓和何思越分道揚鑣，陸星延才湊近沈星若，問：「有沒有什麼獎勵？」

「什麼獎勵。」沈星若整理圍巾時，抬頭看了他一眼。

陸星延幫她把後面也整理了一下，特別大方地說：「妳看著給，我都ＯＫ，親鼻子、親額頭、親眼睛、親臉我都沒意見，親嘴就最好了。」

「……你是不是有什麼毛病。我問的是你有什麼值得獎勵的地方，連問題都聽不懂，我看你這次國文也是慘了。」

「……嘁，妳等著吧，我覺得我這次國文考得挺好的。」

沈星若掀掀眼皮，「謙虛點，別給自己立 Flag。」

期末結束自然就是放假。

他們這次寒假的假期也是短得可以，總共加起來不過八天，從二十九放到大年初六。

陸星延之前就提議過，要沈星若留下來過年，裴月和陸山也盛情挽留。

但沈星若聽陸星延說過，他們每年都要去帝都給陸老爺子拜年。

她要是留下來，肯定也會被一起帶過去。

而且陸家家大業大，過年肯定少不了親戚朋友過來拜訪，她過年待在陸家，介紹起來實在有些尷尬。

所以，她回匯澤了。

她是二十九日下午回去的，走的時候陸星延臭著一張臉，不怎麼樂意。

不樂意歸不樂意，但他還是主動接替了裴月送沈星若去機場的任務。

春節高鐵買不到票，飛機場也人滿為患。

取完票陸星延一直不讓沈星若過安檢，硬是拖著她講了好久的話，時間快要到了才放她過去。

「妳注意安全，到匯澤了就打電話給我。我放了個行動電源在妳包裡，沒電了記得充。」

沈星若：「知道了。」

她拖著行李箱，往前排隊。

陸星延又在後面喊：「欸妳早點回來，我還有試卷等著妳講解呢！」

沈星若回頭，可她身後很快已經排上了四、五個人，她只好朝陸星延招了招手。

陸星延會意上前，「怎麼了？」

「你頭低一點。」沈星若輕聲說。

陸星延依言低頭。

猝不及防地，沈星若踮腳在他臉上親了一下，「提前預支一下新年禮物給你。」

陸星延保持著身體稍往前傾的姿態，好半天沒回神，說話都有些卡，「不是……妳能不能把情人節禮物、清明節禮物、愚人節禮物，還有什麼……五一勞動節的，都先預支一下？」

……這不是蹬鼻子上臉，是蹬鼻子上床了，真是給他一分顏色他都能開畫展。

她推開陸星延的臉，又將自己的圍巾往上拉了拉，揮手，「走了，你也注意安全。」

她邊往前挪邊回頭，離得遠了，後頭一對中年夫婦才笑瞇瞇地問：「男朋友呀，感情真好。」

沈星若唇角稍彎，「嗯」了一聲，然後又回頭看了看站在遠處還魂遊天外的陸星延。

怎麼辦，她好像也有那種……還沒離開就很想念的感覺了。

她原本打算初五再回來，這樣陸家的親戚也該走完了，但現在覺得，初四回也不錯。

沈星若的計畫是挺好的。

但還沒等她做好初四回星城的準備，初三上午，陸山、裴月就帶著陸星延和一大堆年禮趕來匯澤了。

迎著人往裡走才知道，他們是直接從帝都過來的，連自家門都還沒進。

沈星若幫他們提禮物，笑著和裴月說：「裴姨，禮物也帶太多了，快進來坐。」

「不多不多，都是陸星延挑的，說是感謝妳輔導他功課，他說這次期末肯定能有五百分呢！」

裴月臉上笑開了花。

沈星若抬眼，陸星延正朝她笑。

大概是剪了頭髮，過年又穿得比較精神，不過三四天沒見，沈星若覺得他更帥了。

陸星延好像知道她在想什麼，散漫地噙著笑，朝她比口型，「帥嗎？」

沈星若：「……」

他又指了指手上東西，無聲地比了個口型，「聘禮。」

不說還好，這一說沈星若倒是覺得這年禮送的，真有點像聘禮的規模，手裡提的燕窩一下子變得燙手。

她刻意落後幾步，在進屋前踩了陸星延一腳，「變態。」

陸星延輕哂，笑得吊兒郎當的。

來匯澤拜年順便接人這件事，是陸星延旁敲側擊促成的。

其實他不僅是想接回沈星若，也是擔心她在家裡和繼母相處不好。

沈星若的確和方敏處得不好，因為她根本就不想和方敏相處。

但她吃虧是不存在的，沈光耀對她愧疚，方敏和方景然也對她愧疚，她一個眼神，三人都要反覆揣摩好幾遍。

尤其是方敏，沈星若回家這幾天，她知道沈星若不樂意見她，極力在降低存在感。

甚至知道沈星若要回來，早早就把結婚照收了。

沈星若雖然不願意和她相處，但也沒那麼多閒工夫找她麻煩，除了吃飯，大多數時間都待在房間裡複習功課。

再加上陸星延時不時傳訊息騷擾，三、四天的時間，過起來快得很。

陸山這一家子過來，沈光耀自然高興，置辦出一桌豐盛的午餐，席間又推杯換盞地喝著酒，倒有幾分其樂融融的意思。

陸山和沈光耀其實是不怎麼搭得上邊的人，一個一心鑽著搞藝術，另一個一心琢磨著賺錢。只不過兩人相逢於微末之時，情誼自然不同。

陸山和沈光耀那點兄弟情沈星若和陸星延都聽一萬遍了，平日雙方不在一起都要提一提，這時湊在一起了，又喝了點酒，自然又要再細細回顧一遍。

聽到陸山提起當年和陸老爺子決裂隻身南下，沈星若和陸星延就默契地對視了一眼。

陸星延放下筷子說要去洗手間，沈星若也跟著起身，說幫他指路。

兩人離開飯廳，不約而同鬆了口氣。

陸星延之前陪沈星若來過一次沈家，並不覺得陌生。

只不過上次來得匆忙，他都沒看仔細，現在出來，他便提出要求，「沈星若，我想去妳房間看看。」

「看什麼？」

「就看看。」

外面冷，也沒什麼好地方可去，沈星若點了點頭。

她的房間布置得很少女，小裝飾特別多，陸星延隨手拿起個裝飾品，問：「原來妳喜歡這些東西啊。」

陸星延原以為她這麼高冷，房間應該也是很素淨的。

沈星若沒解釋，自顧自收拾書桌。

其實她房間以前是很素淨的，但這幾天回來，她想起陸星延送的水晶球，於是將以前那些沒拆封的禮物都搬出來找了找。

搬都搬了拆都拆了，她也懶得放回去，乾脆就裝飾了一下。

不過收拾書桌的時間，陸星延在她房裡轉了轉，不長記性地從她床邊隨手抓了根帶子，然後拉出一件，粉嫩粉嫩的內衣。

不只……還有一件粉嫩粉嫩的內褲。

還沒拆標籤，大概是看了一眼忘記收起來。

沈星若回頭就見陸星延拎著她的內衣、內褲站在那，「陸星延你是變態嗎，快放下！」

她三步並作兩步搶過東西往櫃子裡塞，耳朵紅到不行。

陸星延不知死活，還故作輕鬆地說：「妳害什麼羞，我又不是沒見過，我記得妳之前穿A吧，這尺寸是不是有點大？還是妳發育了？」

天地良心！他本來是想從女性之友的角度緩解下尷尬的氣氛。

結果他挺緊張，說著說著就有點語無倫次還暴露了內心的真實想法。

沈星若按住他的臉亂七八糟揉了一通，冷冷道：「變態！」

「發育是好事，對我們都好，我不是那個意思妳知道吧。」陸星延畫蛇添足解釋，解釋完又覺得還是不對，「不，也不是這個意思……」

「變態！」

兩人靠得很近，加之沈星若的暴力行為陸星延只能避讓阻止，這樣一來，身體就愈發糾纏得近了。

沈星若踹了他好幾腳都不解氣，可又不能搧他巴掌。

正想再踩兩腳把他踢出去時，陸星延忽然將她兩隻手反扣到身後，又將她按在牆上，擋住她的腿。

「我跟妳說，妳再動我就真的變態了。」

他的聲音稍稍低沉，透露出幾分不同尋常的隱忍意味。

第二十七章　失速心跳

陸星延空有一顆變態的心，卻沒有變態的膽。

兩人靠在牆邊膠著之時，方景然恰巧過來敲門，門沒關緊，他敲了兩下就開了條縫隙。

他下意識推門，往房裡探了探腦袋，一聲「姐」喊一半卡在喉嚨，眼睛先瞪大了！

沈星若注意到門口動靜，連忙推開陸星延，整理衣服。

陸星延回頭，見是方景然這小拖油瓶，沒放在心上，吊兒郎當晃過去，仗著身高優勢揉了一把方景然的腦袋，「小屁孩，剛剛你什麼都沒看到，知不知道？」

沈星若：「……」

本來也沒什麼，被他這麼一說，倒顯得曖昧起來了。

方景然還沉浸在震驚之中，躲開陸星延的魔爪，他又去看沈星若。

沈星若一臉平靜，沒打算對他多解釋，關上房門，說了聲，「走吧。」

一路沉默回到飯廳，方景然沒心情再吃東西，目光在陸星延和沈星若的臉上來回打轉。

趁大人不注意，他在桌子底下傳訊息給沈星若。

方景然：『姐，妳和他在談戀愛嗎？』

方景然：『姐妳要不要再考慮一下，聽說他成績特別差，全科加起來都考不到四百分。』

他剛傳完，裴月就笑得特別燦爛地誇道：「星若真是好孩子，老沈你也知道我們家陸星延，那成績可真是，說出來也怪丟人的。但這學期星若幫忙輔導，進步特別大，聽說這次期末都能有五百了呢！」

方景然默默收回了上一句。

這頓飯吃得有點久，期間方景然傳了好多則消訊息給沈星若，沈星若一開始沒有理，後來煩了就回了「閉嘴」兩個字。

飯畢，陸山微醺，說是有熟人約了晚上去陸家拜年，要先走了。

沈光耀和他相識多年，也不用虛來虛去多加挽留，只讓方敏將之前準備好的年禮都拿了出來，「本來我是打算初六送星若去星城，順便去你們家拜年，你們先來了，就順便帶上，我過段時間去星城再帶些好茶給你。」

方景然一聽就轉向沈星若，緊張地問：「姐，妳今天就回星城嗎？」

方敏趕忙拉了他一把，示意他別多話。

沈星若沒計較，點點頭，「嗯」了一聲。

她的行李本來也沒怎麼拿出來，自然也不用花什麼功夫收拾。

方景然跟著沈光耀，一路將陸家三人與沈星若送出別墅區，站在原地目送車影消失，他眉頭皺在一起，時不時摸摸後腦勺，顯得格外糾結。

往回走的時候他忍不住問：「沈叔叔，星若姐她……她……」

「嗯？怎麼了？」沈光耀和顏悅色地看了他一眼。

「她一直住在陸家，是不是不太好？」

沈光耀：「怎麼說？」

方景然也不是個太會說話的，再加上他覺得剛剛撞見的事告訴沈光耀不合適，支支吾吾半天也沒說出一句完整的話，最後只能勉強憋出句，「沒什麼，就是感覺一直在他們家，那個，飯菜可能不合胃口。」

沈光耀頓了頓，忽然笑了一下。

星城突下大雪，飛往星城的航班大多延誤，沈星若他們是坐車回去的。

雪天路滑，劉叔開車開得很慢，車程也被拉長了差不多一倍。

到落星湖時，天已經黑了。

在匯澤待了幾天，回到落星湖，沈星若竟然產生了一種「這才是回家」的錯覺。

湖面吹來的冷風、英式庭院路燈、冬日不再盛放的小花園，全都親切可愛，就連湖畔小路結起的薄薄冰層也沒有那麼令人討厭了。

晚上家裡還來了客人，好像也是金盛集團的高階主管，和陸山關係很不錯。

他們在一樓客廳談事，沈星若和陸星延則在樓上一起看書。

沈星若翻著國文參考書，書裡忽然掉出一張社會實踐學習單。

她差點忘了。

明禮每個寒暑假都會發一張這樣的學習單，別說高三了，高二的學生都不可能有時間去做什麼社會實踐的，說來說去也不過是形式化地蓋個章簽個字。

「陸星延，你的社會實踐呢？給我，我等一下拿去找陸叔叔蓋個章。」

陸星延正好不想看歷史了，打了個呵欠起身，「找他幹什麼，走，我帶妳去書房蓋，蓋十個、八個。」

金盛旗下子公司一堆，還有那些掛名的殼，雖然重要的公章肯定不會在家裡，但那些無甚重要的陸山辦公室也不少，隨便找個蓋上就是了。

他從小學起就這麼一路蓋過來的，熟得很。

兩人一路走至陸山辦公室前，門沒關，陸山正拿資料給那位金盛的魏叔叔，邊拿還邊說：「這事不能壓，該怎麼處理就怎麼處理，輿論這東西就是越壓彈得越厲害。」

「規章也不是一天、兩天了，我們金盛的拆遷事宜本來一律交由政府來辦，你那乖姪子不聽，偏要自己來拆，沒把董事會放眼裡就算了，還欺上瞞下搞出人命官司來了，這大過年的都搞出了什麼事啊！」

「我那不是……」

陸山擺手，「行了，不要說了，就按我說的辦，訛詐就是訛詐，你還怕他！今天拿錢壓一個，明天還要壓多少個？你那姪子趕緊撤下來，辦不成事就別辦了！老魏不是我說啊，你對你這姪子實在是太溺愛了！」

陸星延和沈星若站在門外，隱隱約約聽到人命官司，都頓了頓。

回到房間，不等沈星若安慰陸星延，陸星延倒無所謂地安慰起沈星若來了，「欸妳別怕，搞房地產的有幾個沒出過人命官司？妳知不知道前年金盛在雲城那大樓塌了，網路上還鬧了大半個月呢。」

「……別說了。」

本來沒什麼大事，他烏鴉嘴一開口，感覺就不太好了。

陸星延以為她沒被安慰到，又舉例，「還有我念小學的時候，好多年前了，就是星城的一個建案，叫什麼，哦，金盛雲夢澤，那建案我聽說投資還挺大，結果風水不好，一個月來了兩個跳樓的，然後那時候小道謠言又傳得廣，硬是把那建案傳成了鬼樓，就在沙蘿區，我們上次去童話鎮還路過了。」

「說起來我念小學時還常被同學罵，都知道金盛是我家的，一年到頭搞房地產總是會出點事，也沒人在乎事情真相到底是什麼，總在背地裡說我吃人血饅頭長大的。」

見陸星延一副不以為然的樣子，沈星若忽然問：「那你沒罵回去？」

陸星延一頓，摸了摸後脖頸，眼神飄忽，「其實我小時候……其實我小時候還挺有一顆當好學生的心的，但老是被人罵，所以就要顯得混一點。」

沈星若：「……」

陸星延又挑起一側唇角，逗她，「妳是不是覺得我特別慘，我真的特別慘，我跟妳說我現在這樣就是因為童年創傷特別大，然後只好幫自己戴上一層面具當保護色。」

「……」沈星若忽然湊近，扯了他的臉一下，「你這保護色油漆刷得有點厚。」

陸星延：「……」

說來也神，陸星延有張 **Flag** 立完百分之九十八都會倒的烏鴉嘴。

可這次說「金盛沒什麼大事」和「期末考試考得不錯」的兩個 **Flag** 竟然成了那倖免於難的百分之二。

開學沒幾天，網路上就傳出金盛強拆陽城某條老街，逼死某家釘子戶老人的新聞。

死者孫子是個有十幾萬粉絲的網紅，連發數則文章大罵金盛，把這件事鬧開了。

一時間不乏唾罵資本家為了利益什麼事都幹的憤憤不平者。

只不過沒兩天，金盛的公關團隊就出了事情的反轉澄清。

那家老人死於胃癌，本就已至晚期，聽了孫子的話，臨死前想要為家人多留點拆遷補償，一個人賴在那不走，結果病發的時候身邊也沒人，就那麼走了。

那家孫子不是什麼好東西，仗著自己有點粉絲，以關注度相博，開出了非常離譜的補償索求，金盛不答應，這才鬧出來。

事情剛出的那幾天，學校裡不少人在背後說陸星延的閒話。雖然陸星延該吃吃該睡睡，像個沒事人，但沈星若一想起他從小學時就飽受這些非議，心裡總覺得很鬱悶，連帶面對陸星延時也不自覺地溫柔了許多。

好在事情很快平息，大家都鬆了口氣。

只不過陸星延鬆了口氣的同時有那麼一瞬間也在想：金盛辦事能力怎麼就這麼厲害呢？不行再晚幾天？出事那幾天別提沈星若有多麼的和顏悅色了，事情一解決，她立馬恢復成那張冰塊臉，指使他背這背那默這默那。

幸好也只是這麼一想，要是被陸山知道這不孝子有多麼造孽，說不定會把他釘棺材裡打地基的時候一起埋下去。

和金盛這事一起出的，其實還有期末考試的成績。

只不過出事的時候也沒人有心情為陸星延這大躍進歡欣鼓舞，事實上他這次期末考得相當不錯。

總分五二九，班級排名三十九，拿到明禮最差的文科班，差不多能排到前二十，他的人生終於與光明頂正式地揮手道別！

進入高三下學期，教學大樓的氣氛肉眼可見地變得焦灼了。

學校還在三教對面的圍牆拉了四、五條橫幅，一反常態地沒有喊什麼「辛苦一年幸福一生」、「拚一拚搏一搏單車變摩托」，而是掛了些「不問收穫只問耕耘」、「過程比結果更美」之類的佛系口號。

一打聽才知道，原來有些藝術生藝考失利，精神已經崩潰了，而且隔壁德才高中剛開學就跳樓了一個，消息掩藏的很好，但還是在星城的高中圈子裡傳開了。

明禮怕高三學生在高壓之下也產生輕生想法，不僅掛了佛系橫幅，還特地開了班導師大會，讓各班導師不要逼太緊，時刻勸導學生，升學考不是人生唯一的出路，大家只需盡力即可。

道理大家都懂，但升學考真的很重要。

所以大部分班導師在勸完「升學考不是人生唯一的出路」之後，還會加上一句「對你們來說，這是最便捷的出路」。

靠班導師是靠不住了，學校裡想著，三月份馬上要開的春季運動會，不如也讓高三同學參加一下。

為防各班消極應對，學校還規定了每班必須參加多少項比賽。

這可苦了各班的體育股長和班長，尤其是實驗班，誰他媽有功夫在這緊要關頭參加運動會啊，大家心裡都清楚，考完升學考大好前程等著，真的不會跳樓！要跳也是等升學考失利了才跳！學校能不能別亂操心！

一向人緣好的何思越拿著報名表在班上轉了一圈，也是難得地處處碰壁。可真的沒辦法，他自己已經報了三項，不能再報，遊說了一整天，男子三千公尺死活沒著落。不得已，他把主意打到了陸星延身上，「陸星延，那個……」

「不去、不報、不參加。」陸星延眼皮都沒掀就知道何思越要拉什麼屎，直接來了個拒絕三連擊。

何思越被堵了堵，倒也不氣餒。

實在是真的沒辦法，文組班的男生大多文弱，讓大家寫寫文章還可以，三千公尺，班上能跑完的都數不滿一隻手。

他換了個方式說：「這次三千公尺應該挺簡單的……」

「簡單你怎麼不去？」

「我已經報滿三項了。」何思越稍頓，「我覺得你去肯定能拿名次，這次沒有體育生參賽，你想想沈星若站在一旁，看著別人都跑不動，只有你一個人輕輕鬆鬆跑完三千公尺拿第一名，然後她送水給你，你再把第一名的獎品送給她，是不是很完美？」

何思越邊說邊在心裡對沈星若默念對不起。

倒是陸星延頓了頓，竟然覺得何思越說的這幾句話還挺中聽？

見陸星延神色鬆動，何思越昧著良心，再接再厲畫了張他也不知道是什麼鬼的大餅給陸星延。

陸星延這頭腦簡單的，偏偏很吃這一套，被何思越的加料大餅迷得七葷八素，大筆一揮，就在三千公尺的報名表上填下了「陸星延」三個大字。

他準備一件巨風騷的煙粉色T恤當運動服，短褲和鞋子也都經過了他的精心挑選。甚至在運動會前三天，他還去理髮店弄了弄髮型，力求風中不淩亂的蓬鬆自然率性。

結果運動會當天，他恨不得讓何思越當場直播生吃運動會報名表。

廣播通知——『高三運動員請即刻至操場就位，準備檢錄，其他同學全部留在教室自習，其他同學全部留在教室自習！』

他為了給沈星若驚喜還一直沒說自己要參加運動會。

離開教室路過沈星若座位時，他心存僥倖的問了句，「妳要不要送水給我？」

沈星若抬了抬眼，「你去參加運動會？正事不幹，沒用的事你倒是一件不落。」

他簡單翻譯了一下——送屁水。

星城的三月初說早春都有點勉強，風涼得很，颳在臉上和冰刀子似的，鈍鈍生疼。

陸星延脫下校服外衣，單穿一件煙粉色T恤和黑色運動短褲，站在跑道上伸了伸手臂和腿。

——真他媽冷。

天氣冷就算了，高三的比賽隊伍也太悽慘了，跑道上寥寥數人，一大半神色萎靡，外套都不打算脫。

在不遠處青春洋溢的學弟、學妹們的襯托之下，就是一群老弱病殘。

最絕的是二十一班那哥們，都檢錄完了，手裡還捧著英語參考書念念有詞。

大外套穿著，圍巾裹得密密麻麻，衛生衣、衛生褲大概也沒少穿，寬鬆的校服褲都沒什麼鬆動餘地了，神來之筆當然還要數他腳上那雙看起來就很抗寒的雪地靴。

陸星延上下瞧了兩眼，心想：這他媽走三千公尺都挺吃力吧。

很快哨聲響起，混在老弱病殘裡的健康少年陸星延邊在心裡唾棄何思越，邊做好起跑準備。

這哨聲，坐在教室的沈星若也聽到了，她坐靠窗位置，下意識抬頭，往外望了一眼。

跑道上的人起跑的同時，有一陣風從窗子縫隙吹進來，吹亂她耳側的碎髮，也吹起試卷一角。

後來她想起高三生活，很少想到那些漫無止境的書山題海，倒是總想起那天下午，她從窗外望向操場所看到的那個場景。

其實也沒有多麼具象，不過是白日天光晃晃，冬末的灰白被歡聲笑語染上不具名的色彩，好像春天觸手可及。

她壓了壓試卷邊角，本想繼續寫題目，可遲遲沒有下筆。

她忽然起身，和阮雯說了一聲要上廁所，悄無聲息從後門出去了。

四百公尺的跑道，三千公尺等於要跑七圈半。

跑第一圈的時候陸星延只覺得——真是太他媽冷了！靠！這個帥他不想要了！誰能給條褲子給件外套？實在不行那哥們的雪地靴也行啊！

跑到第二圈，身體終於熱起來了，感覺舒適了一些。

他平日常打籃球，跑個三千公尺對他來說不算為難，再加上後頭那群老弱病殘的速度比散步快不了多少，他也就悠哉地領先個半圈的距離——反正他又不需要破奧運會長跑記錄。

跑第三、第四圈的時候，已經不少高一、高二的學妹們注意到他了。

他的皮膚白、個子高，又長得帥，風騷地打扮一下，再加上有同行襯托，整個人顯得特別瀟灑帥氣。

沒多久就有熱情的小學妹抱著水在內圈陪他一起跑，大聲喊著加油。

原本陸星延覺得一個人跑步實在是寂寞如雪，有人吹捧吹捧也挺不錯。

可第五圈跑完，路過終點時，他一眼瞥見了跑道邊雙手插在口袋裡的沈星若。

沈星若微偏著頭，面上沒什麼表情，但陸星延也不知道為什麼，瞬間就聯想到了電視裡原配抓包的修羅場場景，他求生欲極強地朝沈星若屈起雙手，比了個心。

然後又一秒冷臉，朝內圈的小學妹們邊揮手邊喊：「讓讓，別跟了。」

回頭看了看，沈星若還站在那，沒走。

陸星延心下大定，很快加速。

二十一班那雪地靴哥們半跑半走到第五圈的時候，陸星延闖過終點線，毫無懸念地拿下了這一屆老弱病殘男子三千公尺組的第一名。

後面這幾圈跑得快，陸星延有點累。

到終點後，他扯下額頭上的髮帶，又撥了撥瀏海，然後撐著膝蓋，大口大口喘氣。

主席臺及時播報高三的男子三千公尺比賽結果。

與此同時，一群小學妹組團來送水給他。

「學長你是叫陸星延嗎？能不能加個聯絡方式。」

「學長你是一班的呀，好巧我也是一班，高一一班。」

「哈哈哈哈巧什麼巧啊，學長我還和你同個學校的呢！」

冷風呼呼往嗓子裡鑽，陸星延胸口疼，半天沒說上話。

正在小學妹們嘰嘰喳喳的時候，前頭忽然傳來沈星若清冷又熟悉的聲音，「麻煩讓一讓。」

沈星若那風紀股長加身的氣勢，往那一站，小學妹瞬間噤聲，並自動自發地為她讓開一條路。

沈星若慢吞吞地走到陸星延身前，然後又慢吞吞地從校服口袋裡掏出一瓶小小的礦泉水。

陸星延抬頭，唇角一側往上挑了挑，從她手裡接過水。

水被沈星若握著放口袋裡暖了很久，是溫熱的。

只是有點少，陸星延喝了兩口就已見底。

旁邊有膽大的小學妹見他沒喝夠，想遞給他，沈星若冷冷淡淡掃了人一眼，又從另一邊口袋掏出一瓶小小的礦泉水。

小學妹們集體沉默，然後又集體轉身，四散開來。

沒辦法，薑還是老的辣，套路還是學姐比較多。

陸星延喝完兩瓶迷你瓶的水，總算是恢復過來了，沈星若催他穿上外套，又催著他趕緊回教室自習。

其實去年沈星若轉學過來的時候，陸星延也參加了運動會。

當時他報了男子一千公尺和接力，還有立定跳遠。

男子一千公尺有體育生參加，他只拿了第三名，接力和跳遠都是第一。

那時兩人的關係可以用勢同水火來形容，一個隔三差五嘲諷人，一個三不五時要給人墳頭點香。沈星若當時被分配到寫加油語的任務，參加比賽的人她全都寫了，只有陸星延沒寫。

不過一年時光，大家的改變都不小。

高三沒什麼人在意運動會，比賽也好、名次也好，權當完全任務。

兩人順路去福利社買了點零食，回到教室的時候，王有福剛好也進教室。

聽陸星延說拿了三千公尺第一，王有福挺高興地誇了兩句，然後讓他們回座位，開始講正事。

「大家稍微停一下啊，我講個事情，星城大學、星城師範的招生簡章都發過來了，還有其他幾個外地學校的簡章，我們班的話，我就著重講一下星大的明日之星招生計畫。」

「詳細的我就不介紹了，大部分同學應該都清楚，等一下何思越把計畫書發下去給大家看一下，總之是比較適合我們班同學參與的。感興趣的同學可以來找我要推薦信，然後你們再填一個申請表，學校會統一交過去。」

「筆試大概是在月底進行，國文、英語、歷史三個單科任選其一考試，但注意啊，這個單科選擇之後也是決定了你升學考填報志願，只能選擇相對應的英語或者文史類科系，星大對星城的全部高中都會降低錄取分數的門檻，這個優惠政策是很大的。」

「而且我們明禮這邊的話，有安排自招筆試培訓，願意參加的同學可以報名。」

沈星若聽完，下意識看向陸星延。

陸星延本來想這和自己也沒什麼關係，但總感覺身後有人在看他。

他回頭，恰好對上沈星若的視線。

沈星若朝他比口型，「去拿。」

陸星延皺眉。

沈星若又指了指講臺。

他不敢置信，指了一下自己，比口型道：「我？」

見他不動，沈星若起身，去講臺拿申請表。

王有福詫異地看了她一眼，死死按住申請表不准她拿，「沈星若，妳拿這個幹什麼？」

沈星若垂著眼，謙虛道：「有備無患。」

王有福：「……」

「不是，妳怎麼不備一下F大、S大，他們也有自招，等一下我去辦公室拿給妳看看。」

王有福不是嫌星大不好，星大也是不錯的學校，對其他城市的考生分數要求也挺高，但是對沈星若來說，有些屈才了。

沈星若：「……」

好在陸星延終於起身了。

可王有福還是沒放手，望著陸星延一臉驚奇地問：「你也要拿這個？」

王有福倒不是覺得陸星延過自招沒希望，畢竟筆試只考一科，針對性地魔鬼訓練兩週，過筆試不難，而且陸家肯定有人脈，幫他拿封什麼教育專家的推薦信，面試就很穩了。

但這自招過了，起碼也要考到基本的錄取分數吧，陸星延離錄取分數實在是……

他轉念一想，等等，是他有偏見了，陸星延這次期末考進步不小，離錄取分數也只有幾十分的距離。

升學考考場上，七分靠打拚，三分天註定，運氣的事很難說，說不定真的考到了呢，這不也是他教導有方？

王有福面上露出迷之微笑，忽然鬆手，發了一張給陸星延，和顏悅色道：「好好準備。」

轉臉面對沈星若，他又死死壓住，眼裡滿是「妳給我清醒一點」的警示。

「……」

好在沈星若本來也沒打算要。

運動會熱熱鬧鬧地進行了兩天。

外面喧囂，高三的學生無法靜心上課，也就這麼自習了兩天。

結束的時候，學生會的幹部跑到高三教學大樓來送獎品。

陸星延男子三千公尺第一名的獎品有點值錢，是一個運動手環，某科技公司去年出的產品。

下課時李乘帆還特地跑到他座位來看，看到是這東西，他笑了一聲，「就這啊，這不你表哥公司的東西？我記得剛上市的時候你還送我們一人一個。」

陸星延冷不防踹了他一腳，上下打量他，說了四個字，「你懂個屁。」

這是他為愛而戰獲得的戰利品，怎麼能跟那些冷冰冰的沒有感情的運動手環相提並論？

他都不想再讓李乘帆多看一眼，趕緊收起來，又趁著上課時充好電，調好模式，放學的時候拿著去找沈星若。

傍晚天放晴，夕陽的金色光芒在教室內落下深深淺淺的窗格光影。

他將運動手環的盒子拍在沈星若桌上，又在沈星若前面的座位落座。

阮雯的膽子一向比雞仔還小，見陸星延來，書都不收了，立馬起身去找石沁一起吃飯。

陸星延對她的懂事非常滿意。

等人走開，他打開盒子，故作隨意地說：「獎品，送妳。」

沈星若的目光落在那個白色錶帶的運動手環上，半天沒動。

陸星延：「妳別不好意思，這個我已經有了，來，我幫妳戴。」

他怕沈星若拒絕，自顧自摘下了手環，然後拉住沈星若的手，將她的校服袖子往上推了推。

他碎碎念：「我就說妳太瘦了，都扣到最後一格了怎麼覺得還是有點大，不然回去找根針再鑽一個孔……」

手環是已經設定好的，觸到沈星若的皮膚，資料開始變化。

沈星若的唇線繃得緊緊的，目光微垂，一直沒說話。

陸星延要幫她戴的時候，她沒拒絕，可等到陸星延幫她戴好，她卻很快地把手收了回去。

「好了，去吃飯吧。」

「你跑步拿了第一，晚上想吃什麼，我請你。」

陸星延本來想說妳收那麼快幹什麼讓我欣賞一下，可沈星若主動提出要請他吃飯，他也顧不得欣賞了，趕忙跟著起身。

兩人一起出教室，剛好有人穿著溜冰鞋從走廊滑過，陸星延拉了一下沈星若的手。

夕陽在兩人身後拉下長長的影子，藏在袖子裡的運動手環，心率從剛剛已經讓沈星若感到心虛的一三四，一路飆升到了一四七。

沈星若逼著陸星延拿了自招的申請表，監督他填完，又監督他備齊了所有資料。

申請表和資料裡有不少需要自己寫的小作文，這些都是沈星若指導的，寫出來的自傳都是力圖讓審核老師覺得，雖然他成績不怎麼樣，但力求進步，是個有趣開朗全方面發展的可塑之才。

做完這一切，陸星延又被逼著去上自招的魔鬼培訓班了。

三月底，陸星延和其他同學一起去參加星大的明日之星自招筆試，他本來抱著個一日遊觀光的心態，沒想過自己能過，放鬆得很。

可考完，陸星延冥冥中有種自己能過的預感——因為題目真的，他好像大部分都會，不是自招班講過類似的，就是沈星若講過類似的。

沒幾天，筆試結果出來，他還真的過了。

這次自招有四十個名額，筆試錄前八十名，他的名次比較靠後，第六十九。

陸星延把結果往狐朋狗友的群組裡一放，大家都炸了！

李乘帆：『靠！延哥你竟然過了星大自招的筆試！這他媽該不會是同名同姓吧！』

陸星延：『睜開你的狗眼，明禮中學陸星延，明禮有哪個小崽子敢跟我同名同姓？』

許承洲：『？』

許承洲：『我靠，當初說好的一起出國，結果你給我朝著星大去了？』

趙朗銘：『絕了！我這次月考剛考到四百分，你竟然就不聲不響考過星大筆試了！』

趙朗銘：『我缺的是腦子嗎？不，我缺的是一個年級第一的准女朋友！』

陸星延：『不，你缺的就是腦子。』

趙朗銘：『？？？』

趙朗銘：『絕交了。』

陸山和裴月知道這消息時也不敢相信。

裴月還特別焦慮，趁陸山不在，打電話逼問陸星延，問他是不是作了弊。

還是沈星若從旁解釋，裴月才勉強相信，陸星延是真的憑自己的本事……也不是本事，她覺得陸星延就是單純地靠運氣踩線過了筆試。

陸星延也是沒脾氣了，畢竟他內心深處，也是這麼認為的。

至於面試，陸星延覺得沒什麼機會，筆面雙試各計一半成績，他面試要考多好才能擠進那四十個名額？

基本上是不可能的。

所以面試那天，他又是抱著一輪遊的心態去觀光了。

以後自誇的時候不就多了這些素材？

在真正的面試開始之前，陸星延並不知道，他去面試，優勢很大。

人都是視覺動物，對帥哥、美女本能就會多一些好感，這事不容客觀，他高高大大人又帥氣，面試官的印象分多多少少也要從指縫裡漏那麼零星兩點。

當然，他的主要優勢還是不怕事，挺能裝。

來參加自招的學生成績大都不錯，但高中階段學校都不太注重表達能力的鍛煉，大家平日只顧悶頭寫題目，沒怎麼見過大場面。

往面試教室一站，教授們氣勢一壓，膽子小點的腿肚子都開始打顫，別說還要回答問題，能聽清楚問題都挺不錯了。

陸星延在外面候場，見到好幾個女生出來的時候眼睛紅紅的，他還有些納悶，心想這些老師到底有多兇悍，面個試還把人給罵哭了？這也太扯了。

他還默默做好了你敢罵我我就把你祖宗十八代都 Diss 一遍的準備。

等他進去才發現，其實並不是那麼回事。

陸星延參加筆試的時候沈星若沒去，面試剛好在週日，沈星若陪他一起去了星大，然後在星大附近找了家咖啡店看書。

等陸星延出來找她，她開口便問：「怎麼樣，面試官都問了些什麼，你都答了嗎？」

陸星延渴得要死，點了杯飲料，喝完才說：「也沒什麼，就先做了個自我介紹，感覺都沒怎麼問具體的題目。」

他回憶了一下，「有個老師教英語的吧，用英語問，我他媽愣了一陣子才反應過來她在問我性格怎麼樣，我腦子一下子想不起幾個單詞，想了半天，我就說我挺 Nice 的。」

沈星若：「……」

聽起來有點悲傷。

可陸星延繼續道：「然後那老師還沒完，說我自我介紹裡寫性格比較外向，但怎麼感覺有點內向。conservative 我一開始還忘了是什麼意思，聽到 outgoing 我才知道她在說什麼。」

「我本來想誠實點，說我 English is poor，但我靈機一動，我就說我進這扇門之前都挺外向的，進這扇門之後就內向了，那幾個老師就笑了。」

「還有一個老師問我平時喜歡看什麼電視劇、電影，我一想，我說那些高大上的，等一下他們問我具體內容我回答不出來，我就說我最近看了個韓劇，就是妳喜歡的那個，《My Girl》.」

沈星若：「……」

「有個女老師也看過這個韓劇，就問我看這個劇有什麼感受，我就胡亂編了一段，說什麼，雖然它沒有富含深刻哲理，但一部偶像劇，能做到讓人跟著哭跟著笑並且講述了一個完整的故事，已經很成功了。」

「就像我們做人做事，不要好高騖遠，什麼都想試一試，到頭來什麼都做不好成了四不像。我們應該腳踏實地，實事求是。」

他真的是……什麼都能繞到腳踏實地實事求是上面去。

陸星延還舉例說了幾個面試官問的問題，沈星若聽他複述，感覺都答得很風趣幽默，放心了不少。

陸星延又想起一件事，「哦對，妳也太神了！那面試教室竟然真的有鋼琴，看我愛好裡寫了彈鋼琴，他們還真的讓我彈，而且讓我彈了兩首。」

沈星若幫他整理資料的時候，覺得他除了運動細胞略算發達之外，實在是沒什麼可取之處，就幫他寫了個愛好彈鋼琴。

沈星若做事一向周全，既然寫了，她覺得那就要真的會一點。

面試前她臨時抓壯丁，教了陸星延兩首速成的鋼琴曲。

一首是她之前彈過的《夢中的婚禮》，另一首剛好是這部韓劇的主題曲，主題曲前奏本就源自莫札特第四十號交響曲，她根據旋律自己改了改，寫了個易上手的鋼琴譜，配合陸星延演戲的那一段，倒顯得他挺會隨機應變。

陸星延學的時候完全是想著能和沈星若有肢體接觸才正經八百好好學的，實際上他心裡覺得這東西肯定用不上。

但人生就是有很多個萬萬沒想到。

事實上幫他一舉拿到面試高分的，就是這兩首鋼琴曲。

四月中旬出自招成績，陸星延再次吊車尾，以筆面雙試第四十名的成績險險飄過了星大自招。

說來也巧，和他一同被取捨的另外一位男生，筆試在三十多名，面試準備得挺充分的。

可他在資料裡寫的比較喜歡的幾本名著自己根本就沒看過，老師一問，完全答不上來。

最絕的是，他也寫了愛好是彈鋼琴，事實上完全不會，老師叫他過去彈一首試試，他連中央C在哪都不知道，整個人慌了，面試搞得亂七八糟。

決定這最後一名的時候，老師們都對陸星延的表現比較滿意。

小夥子雖然成績還有大幅提升空間，但性格好，人又實誠，愛好廣泛，還挺機靈，這就是他們明日之星計畫所需要的可塑之才啊！

陸星延從他家在星大當教授的親戚那聽到這事之後，有點回不過神，和沈星若說：「我是不是運氣太好了點？」

他的運氣是真的好。

但凡鋼琴再讓他多彈半首都要穿幫。

沈星若卻不這麼覺得，「不能完全算運氣，你有七分的準備，才能用得上那三分的運氣。」

這麼說，好像也沒錯。

但自招過了也就過了，陸星延其實沒太當回事。

因為他心裡挺有數，他目前的水準，離錄取分數還有一段需要飛躍的距離。

星城是一個冬夏兩極，春秋卻不分明的城市，冬天走了沒多久，感覺春天也已悄然而逝。

五月初，日頭漸漸熱烈，高三教學大樓的氣氛也愈發緊張沉悶，經常有人因壓力過大，躲在洗手間哭。

黑板旁掛的一疊日曆紙不知不覺撕得只剩薄薄一層，參差不齊的裝訂處留有細小紙屑，被初夏帶著燥意的風吹得輕顫。

與此同時，第二次模擬考試成績出來了。

沈星若自轉來明禮之後雷打不動的年級第一，在這次二模中卻突遭地震，一落至年級第四。

大家都震驚了，比陸星延二模考了五三零分還讓人感到震驚！

所有和沈星若相熟的同學都跑來噓寒問暖，王有福也找她談了話。

沈星若是明禮今年奪回文組狀元的最大希望，這個談話很需要把握尺度，又要委婉不給壓力又要提點到位，是真的難。

他還偷偷寫了份 word 文稿，自己背熟了才找沈星若。

「沈星若，這個一次沒考好問題不大的，老師完全相信妳的能力。」

「妳這次失誤比較大的是數學，我和梁老師一起看了一下妳的試卷，妳不是不會，是沒寫完呀。」

沈星若點頭。這次模考，她的生理期來了，肚子痛，教室又很熱，她確實煩躁。

寫數學題的時候掃了一眼，覺得前面幾大題簡單，就先放那，專心寫最後一大題了。

最後一題她加頁寫了一整張紙，寫完的時候，時間已然不夠，所以她空了兩題半。

文科試卷她也做得不太用心，有幾道題的細節都沒注意到，丟分丟得很不應該。

的確是失誤了。

從王有福辦公室出來，晚上回家，她還挨了陸星延一頓訓。

陸星延也是憋很久了，總算是找到個機會把她平日訓他的那些話原封不動還回去——

「妳是草履蟲嗎，換了個問法妳就不會了？」

「這寫的都是些什麼東西，公民簡答題妳只答了三句話？妳以為妳字字珠璣？我看妳這是字字豬雞。」

「數學考試這麼大方，直接空了兩題半，是不是覺得數學試卷上的地價便宜留著打地基建房子呢？」

「不過就是考了幾次年級第一，妳都快飄出外太空了！」

沈星若：「……」

陸星延陶醉在今日份的訓人快樂之中不可自拔，沒完沒了地以牙還牙。

忽然，沈星若放下筆，抬頭覷了他一眼，平靜道：「我覺得你升學考之後也不需要女朋友了，你這麼能說，自己和自己談戀愛，不也挺好。」

「……我下面給妳表演個一秒閉嘴。」

他比了個給嘴巴上拉鍊的動作。

第二十八章　十八歲

對沈星若這種級別的學霸來說，失誤真的只是極小機率可能會出現的事件。

第三次模擬考試，也是最接近升學考難度的一次模擬考試，改卷也比較嚴格，可以說是沒有任何放水。

沈星若以七一一的超高總分重回年級第一寶座，並甩開年級第二名十八分。

能在這種上戰場的階段，在明禮這種頂尖的學校和對手拉開這麼大比分的差距，沈星若離狀元的確只有升學考這一步之遙。

陸星延三模成績穩定在五百二十多，也還不錯。

他已經偷偷物色好了P大附近的幾所學校，還有和國外聯合辦學的國際學校。

六月初。

夏日的風裹挾著陣陣熱浪湧入教室，頭頂的風扇吱呀吱呀轉著，汗水沿著人的額角往下淌，滴進眼裡，則會酸澀難當。

但大家連個擦汗的功夫也沒有，都在抓緊最後的時間複習。

週四，大家上完了高中生涯的最後一節歷史課和最後一節地理課。

週五，大家又陸續上完了高中生涯的最後一節國文、數學、英語。

最後一節公民是王有福的。

王有福拿著最後一次小考測驗的成績單，哼著小曲起身，準備去教室上課。剛好另外一位公民老師，同時也擔任七班班導師的夏老師回來，王有福見她眼睛紅紅的，還一路擤鼻涕，問怎麼回事。

夏老師又擤了次鼻涕，然後摘下眼鏡，聲音哽咽地說：「別提了，最後一次小考，全班都沒及格。」

王有福詫異了一下，心裡還挺有優越感地想起這次一班平均分八十九，真是超水準發揮。

夏老師又繼續道：「我還沒發脾氣呢，他們跟我說什麼，不及格就可以留級，捨不得我，我一下子忍不住啊！」

說著，夏老師又想哭了。

王有福：「……」

往教室走的路上，他反省了一下自己這個班導師到底是當得多麼的不受歡迎，就連李乘帆、趙朗銘這種長期不及格的都拚了老命考了六、七十分。

他到教室，納悶地喊了聲上課，班長何思越也照常喊了聲起立。

一切平常得好像過往幾百個日子的畫面在重播。

最後一節課他先是分析了小考測驗的分數，然後又講了小考裡幾個比較難的題目，剩下的大半節課就是講肯定會考到的一些重點。

其實該講的以前都反反覆覆講過無數遍了，可聽到王有福的強調，大家也沒有昏昏欲睡和不耐煩。

快要下課的時候，王有福看了一下時間，和大家重申考試安排。

「這個准考證、身分證，起床就必須給我拿著！我絕對不允許我們班任何一個同學，搞出沒帶准考證、身分證這種蠢事啊！誰沒帶，出去別說是我王有福的學生！」

「考場你們總不會跑錯吧，就在我們學校考，豬在同個地方待三年都認得清路了。」

「至於考試的心態，你們自己把握，這個實在是強調太多次了，我說多了你們也嫌煩。」

「緊張我知道是不可避免的，但我還是希望你們能在緊張的狀態下啊，稍微保持一下平常心，升學考不是唯一的出路嘛，對吧，得失心不要太重，大家只要做到問心無愧，都是最棒的！」

下課鐘響，王有福一反平日不拖個十幾二十分鐘都覺得虧本的常態，準時宣布「下課！」

可底下同學安靜地等鐘聲響完一陣子，又熙熙攘攘吵著說：

「王老師你再講一下三模最後一道大題吧，我覺得還不是很理解。」

「對對對，王老師，我還想聽一下貨幣那的部分，選擇題每次都選錯。」

「王老師、王老師，考試安排再跟我們講一下吧！」

王有福捧著他的紅色保溫杯站在講臺上，看著講臺下一張張熟悉的面孔。

夏日的風穿堂而過，帶著窗外的花草木香，傍晚夕陽的細小光束穿過枝梢間隙投在講臺，帶著淺淡的暖意。

他也不知道為什麼，忽然笑了一下，然後紅了眼眶，又抹了一把臉，趕緊拿起根粉筆，轉身在黑板寫下六個字——高三一班，下課。

他最終也沒轉過身來，兀自走到教室門口，又停了停。

他的聲音還是像以往那樣慢吞吞地，又帶著哽咽，「王老師在這裡祝大家，鵬程萬里，前程似錦啊。」

全班同學集體起立，無聲地朝教室前門，敬了個禮。

沈星若敬禮的時候停留了很久，久到她看到桌上試卷的字跡氤氳開一大片。

那個夏日的傍晚很神奇，太陽半落山，不再灼人，只餘溫暖。

教室很安靜，別的班都在嚎啕大哭，可一班的同學都在默默收拾書包，離開教室的時候大家也笑著，默契地如同往常一般說聲再見。

就好像，明天真的還會再見一樣。

走出明禮校門，在東門古玩街那條小巷，沈星若忽然頓了頓腳步，往後看了一眼，然後眼淚毫無徵兆地在那一瞬間奪眶而出。

她哭的時候也是很安靜的，眼睛睜著，手不停地擦。

陸星延見她哭，下意識就將她攬入懷中，一閉眼，眼淚也落在了沈星若的校服背後。

其實轉來明禮的這一年半，是沈星若自母親去世後過得最快樂的一段時光。

她甚至記得來明禮的第一天，王有福裡面穿了件大紅色的羊毛衫配藍色襯衫，外面套了件沒扣釦子的外套，肚子圓圓的，笑起來的時候有三層下巴。

她因為陸星延說她裝，心不在焉買錯一大把鉛筆，然後在王有福的桌上隨便找了枝筆填資料。

王有福則在一旁捧著保溫杯，和她講明禮有多麼多麼好，薪水有多麼多麼高，完了還Diss他們匯澤的校長是當年他隔壁宿舍的小垃圾。

這一年半的時光歷歷在目。

有些溫暖，有些感動，有些搞笑，還有些說不上來的——酸澀。

她想，她這一輩子，都不會再遇上這樣可愛的班導師，也不會再遇上這樣可愛的同學了。

陸星延平靜下來後抹了一把臉，又呼出口氣，拍了拍她的背，安慰，「沈星若，妳考個狀元，多幫王有福掙點獎金吧，他上次還說暑假想和老婆孩子一起去馬爾地夫旅遊呢。」

沈星若閉了閉眼，又很輕地點了一下頭。

高三所有教學結束之後，有兩天假期給大家自由複習，之後則是六號的看考場，七號、八號

的考試。

沈星若的生理期不太準時，為了防止關鍵時刻出問題，周姨幫她抓了中藥推遲經期。

裴月早早回到星城，幫兩人準備了紅色的加油服，她還特別迷信，從頭到腳都準備的Nike。

催著兩人換完衣服，裴月喜氣洋洋地對沈星若說：「若若，我一個朋友的女兒明年也要升學考，她聽說妳成績好，能考上P大，早就跟我預定了妳的衣服，說要沾沾喜氣，明年給她女兒穿呢！」

轉頭看了看陸星延，她又說：「陸星延，你要穩定發揮，考個均標的分數，才對得起我給你安排的這身新行頭吧。」

衣服吊牌還沒剪，陸星延看了看自己的，又看了看沈星若的，忽然問：「媽，為什麼她的比我的貴一倍？」

「我剛剛不是說了嘛，有人預定若若的衣服。」她上下打量陸星延兩眼，「你平時又不會穿大紅色，也沒人要，沒考好的話捐出去也挺不吉利的，只能燒了，買那麼貴的幹什麼。」

「……妳可真是親媽。」陸星延越想越過不去，納悶道：「不是，我馬上要考試了，妳能不能說點好聽的吹捧一下我？」

裴月用一種「你是不是有毛病」的目光看著他，「我放著若若不吹捧，吹捧你幹什麼？你是有機會考P大還是有機會考狀元？你別吵了，吵到若若了怎麼辦！你現在就給我回房間背古文！說不定還能多考兩分！」

說著她推了陸星延兩把，恨不得直接把他塞進房裡等要考試再把他放出來。

「……」

陸星延現在特別想等考完去醫院查查檔案，看一下當初他和沈星若是不是真的抱錯了。

七號、八號的升學考如期而至。

天公作美，是兩個多雲天，既無雨水襯托緊張氣氛，也無烈日平白灼人。

陸山和沈光耀也都抽了空趕到明禮，送陸星延和沈星若去考場。

明禮前面的單行道被堵得水泄不通，倒不是車堵，車都被交警管控在單行道外，堵的是送考的學生家長。

沈星若和陸星延穿得紅彤彤的，就像是二十一世紀與時俱進版本的時尚福娃二人組，喜慶得拍張照過年能掛牆上當海報了。

一開始兩人還覺得挺彆扭，等進了學校，和列隊的兩排老師一比，兩人又覺得這不算什麼了。

畢竟這兩排老師不僅喜慶還現場表演了廣場舞串燒，陸星延上前和王有福抱了一下，笑著調侃：「王老師你這〈小蘋果〉跳得不錯啊，以後教高一，教學大樓後面那社區的大媽吵吵嚷嚷不聽勸的話你就去跟她們鬥舞，一定能把人鬥趴！」

「嘿陸星延我瞧你心情挺好啊，給我考個不錯的分數，就和沈星若考到狀元回來一樣有面子啊。」

「停停停，我馬上進去考試了，您可別給我壓力！」

王有福笑罵了句，「你有啥壓力啊，考不上就考不上，回去繼承家業！全校最沒壓力的就是你了，你這小兔崽子！」

沈星若跟在後面，等他們說完，才上前跟王有福抱了抱。

王有福還真的不敢給她壓力，都是各種讓她放鬆，就當是考月考。

交代完，沈星若和陸星延一起往考場走，他們在不同的教學大樓考試，停在分岔路口，沈星若忽然主動拉了一下陸星延的手，又主動抱了陸星延一下。

「陸星延，一起加油。」

陸星延笑了下，點點頭，「好。」

開考第一科國文的時候大家最為緊張。

這次的作文題目一改往年給一段模棱兩可的故事或者素材讓大家自己體會，特別簡潔明瞭地命了題——浮與沉。

沈星若看的書多，破題一向犀利，對這種作文可以說是信手拈來，論點以小見大，例子不缺古今中外也不缺時事熱點，寫得非常順暢。

很奇特的是，陸星延這次也寫得很順暢。

其實升學考，老師都會著重教議論文，不太教也不太建議考生寫記敘文，但陸星延這次就是寫了個記敘文，寫了他的爸爸，陸山。

寫完陸星延其實沒把握，因為張嬌上國文課時老是說儘量別寫記敘文，不好拿分。

但他這次的作文寫得挺真誠的，總之把他想寫的都寫了，其他也就沒什麼所謂了。

不知道為什麼，兩天的考試，沈星若和陸星延考得特別平和，儘管他們所在的考場都有學生情緒崩潰中途退場，但絲毫沒有影響到他們平靜的心情。

就像王有福說的，把它當作一次月考。

考完了還可以和同學互相對對答案。

考得好自然最好，考得不好又有什麼關係，被老師訓一下，我們下一次重新再來。

大多數人缺的從來不是一朝登頂的輝煌，而是一顆從容的心，和失敗後重新再來的勇氣。

最後一節英語考試結束，何思越、阮雯、石沁、李乘帆、趙朗銘……甚至還有李聽，都跑來緊張兮兮地問沈星若考得怎麼樣。

沈星若想了想，「好像還可以。」

大家鬆了口氣。

一班的臉面看來是穩了。

等陸星延到了，大家也問了他一句，「考得怎麼樣？」

陸星延摸了摸後脖頸，雲淡風輕道：「好像還可以。」

大家相視一笑，然後說說鬧鬧著往校外走。

夕陽在他們身後拉下長長的擁擠的身影，在校門口，大家又不約而同回頭望了一眼。

再見啊，明禮。

考試結束後，等待高三學生的是漫長的假期。

之前很多次寫試卷寫到想要投河自盡時所幻想的撕書喝酒徹夜狂歡都沒有發生，回到星河灣，沈星若和陸星延晚飯都沒吃，各自回房上鎖，拉緊遮光窗簾，手機關機，然後悶頭大睡。

兩人這一覺睡到次日中午十二點。

裴月和周姨擔心他們在睡夢中悄然去世，硬是用上了打仗叫陣的嗓門把兩人喊醒了。

可吃完午飯，兩人各自洗了個澡，又躺回床上，再次陷入昏睡。

直到考試結束的第三天，沈星若和陸星延才從昏睡中恢復過來。

其他人好像和他們差不多，班級群組裡安靜如雞，上傳動態的都沒幾個，到第三天白天，群組才開始騷動。

各科的標準答案都已公布，網路上的討論也漫天飛舞。

心理素質好的已經對完答案，開始物色學校。

心理素質不好的乾脆今朝有酒今朝醉，管什麼答案不答案，先放飛大半個月再說。

不過也是因為文科的主觀題很多，給不給分的準繩沒有理科那麼一目了然，估分往往會存在不小的偏差。

討論完分數，大家又開始商量謝師宴和散夥飯。

商量到一半，不知是誰特別納悶地冒了個泡，說：『謝師宴和散夥飯不是都差不多嗎？反正就是大家一起吃飯，乾脆一起好了。』

仔細想想，好像也是。

然後大家就開始七嘴八舌地討論去哪吃飯，吃什麼，吃完就直接散夥還是搞另一趴活動，要交多少錢。

提到錢，康樂股長適時在群組裡出現了。

康樂股長是個有強迫症的女生，這幾天在家，她將高三下學期的班費花費的統計和發票全都掃描成了圖片，然後又將圖片拼得整整齊齊左右對稱，一股腦全傳到了班群裡。

最後總結：『我們班的班費還剩四百八十塊七毛。』

——也只夠買點零食。

有人不願意在剛放假就想這些事，見群組裡也討論不明白，就說反正還早，等成績出了再謝師也不遲。

何思越卻不答應，說是趁著其他班還沒定謝師宴時間，他們先定下來，邀請老師就比較有時間優勢，省得到時候有些任課老師時間協調不過來。

他說的在理，大家紛紛同意。

等沈星若和陸星延去看班群的時候，訊息息早就上千則了。

關鍵的資訊是謝師宴的相關事宜已經定好，中午在學校附近的一家餐廳請幾個老師吃頓飯，晚上再去KTV唱唱歌。

每人交兩百塊，結束後再多退少補。

這些都無甚重要，重要的是，沈星若注意到謝師宴的時間……就在幾天後。

那天是她和陸星延的生日。

兩人的十八歲生日，裴月在考前就念著要大操大辦。

她前兩年去參加過某家小孩十八歲的成人禮，辦得特別隆重特別洋氣，所以她也心心念念想搞一次大的。

沈星若和陸星延之前拒絕好幾次都拒絕不下來，這下子倒有了個正當理由。

今年星城的盛夏好像比往年來得要早一點，不過六月中旬，進進出出就離不開冷氣了，枝頭蟬鳴不絕，停在路邊的車被曬得發燙。

謝師宴前一天，沈星若和陸星延終於出門了，兩人一起去理髮店弄頭髮。

陸星延那一頭短髮也沒什麼可弄的空間，本來想染個色，沈星若嫌他土，最後沒弄。

倒是沈星若被 Tony 哥哥一說，決定燙個波浪。

人長得好看怎麼弄都好看，又可能是因為確實花了大價錢，一分錢一分貨。

髮型弄完，打了一下午瞌睡的陸星延愣了愣。

她那頭黑長直被燙成了蓬鬆柔軟的長捲髮，捲的弧度並不大，淺淺的，髮尾稍往裡彎，看起來又隨性又自然。

本就巴掌大的臉被這蓬鬆的頭髮一襯，也顯得更小更精緻了。

沈星若坐了一下午，也挺睏的。

睜眼看到新髮型，如果不是 Tony 哥哥還在旁邊吹捧，她可能會以為這是她綁了很久頭髮放下來，或者是隨便找了個地方睡了一覺起來的效果。

看起來也沒有很捲，感覺錢沒花到位。

可人家都吹捧得這麼盡心盡力了，沈星若也不是愛找碴的，起身摸了摸，又轉頭問陸星延，

「怎麼樣？」

陸星延看直了眼，好半晌才回神，「挺、挺好的，嗯，我覺得挺好看的。」

「真的？」

陸星延頭都快點斷了。

沈星若勉強相信。

離開時已至飯點，兩人在理髮店所在的商場吃了個火鍋，然後又隨意逛了逛，買了些過段時間出門旅行要用的東西。

因為考完要謝師、要等成績、填志願，沈光耀就沒催著沈星若回匯澤。

但他月底在巴黎有一次畫展，前幾天來送考的時候，他極力勸說陸星延和沈星若一起去看。

到那時成績也出來了，志願也填完了，確實可以安安心心在歐洲玩上十天半個月，當是畢業旅行。

陸星延當場就想答應，可沈星若沒表態，他也不好開口，只能將所有念力都集中在眼神裡，然後可憐兮兮地望著沈星若。

沈星若可能是被他看毛了，安靜很久之後，鬼使神差地答應了下來。

次日去參加謝師宴，沈星若換了個新髮型，本來還不太習慣。

可去到現場她才發現，她這捲一下實在是不算什麼。

班上很多同學都把頭髮染成了奇奇怪怪的顏色，女生化妝穿漂亮裙子彷彿也成了標準配備，戴耳釘畫 blingbling 指甲也不稀奇。

王有福和一眾任課老師過來的時候，他撥了一下自己的時髦金鏈眼鏡瞅了一眼，「喲，盤絲洞的女妖精都現出原型了是吧。」

有女生笑，「王老師，那邊還有男妖精呢！」

這頓謝師宴吃得特別熱鬧。

大家還早有準備帶來了夏季校服，互相在校服上簽名。

男生陪著老師們一起喝酒，也有女中豪傑不甘示弱，一開始還特別矜持地用杯子，後來用碗，最後直接開始吹瓶。

氣氛也在吹瓶比拚中瞬間到達高潮。

有老師在場，大家鬧歸鬧，也沒特別過分，晚上轉場至ＫＴＶ，無拘無束，氣氛更嗨了。

陸星延謝師宴喝了不少，到ＫＴＶ，又是喝酒炒氣氛的中堅力量。

沈星若和石沁阮雯她們坐在一起，倒也不管他，只時不時會望過去一眼。

沈星若和陸星延的關係，自那次被檢舉後，大家都心知肚明，畢竟誰也不信兩個沒有血緣關係的人住一起關係那麼親密還沒日久生情。

石沁之前問過沈星若，沈星若說沒有談戀愛。

這時她又神神祕祕湊過去問：「談了？」

沈星若還是搖頭。

她和陸星延說過，升學考完就答應他。

但升學考結束也好幾天了，陸星延沒有任何急著要她兌現承諾的跡象，她總不可能自己跑上去說我有個戀愛急著跟你談……

正想到這，忽然有服務生敲門，緊接著推了個兩層的大蛋糕進來。

染了一頭騷包金毛的李乘帆正好在唱歌，見到蛋糕，他忽然一停，來了個一百二十五度的腳尖點地旋轉跳躍，然後撣了撣金毛瀏海，指向蛋糕，故作正經清了清嗓，說——

「下面，我要鄭重地向大家宣布一件事！」

「那就是！今天不僅是我們一班同學謝師，和一拍兩散的日子！還是我們班沈星若同學，和李乘帆同學，喜結……」

李乘帆話沒說完，就被陸星延砸了一袋雞爪。

他醉意稍緩，回了神，又更正，「哦，錯了，是和陸星延同學，和陸星延同學一起滿十八歲，成人的日子！」

「沈星若同學，我採訪一下，從仙女變成人是一種怎樣的感受呢！」

沈星若：「……」

他轉頭又問陸星延，「那麼陸星延同學，從豬變成人你有沒有什麼想說的呢？是不是特別激動！畢竟你從今天開始，就可以去網咖偷電腦，可以去酒吧偷酒，還可以去酒店開房……」

話音未落，他的麥克風就被趙朗銘搶了。

趙朗銘把他拉開，「你快閉嘴，你再說話今天就要躺著出去了。」

轉頭他又安撫陸星延，「延哥冷靜，成人第一天就因為這個傻子犯下刑事案件，太晦氣了是不是，冷靜、冷靜。」

李乘帆平時也是被陸星延壓迫得多了，今天喝了點小酒，藉著酒意就想有冤報冤有仇報仇。

包廂裡的同學都笑瘋了。

陸星延當然也沒真的生氣，只是做做樣子。

大家笑完，又幫忙點上蠟燭，為陸星延和沈星若兩人唱生日歌。

包廂裡的燈光暗了下來，兩人面對面坐在蛋糕前，隔著燭光，視線不期然在半空交匯。

去年今日許願時的場景，彷彿還歷歷在目。

其實去年，沈星若並沒有許下特別實質的願望。

當時她閉眼想了很久，想不到要許什麼，只好在心底默念，希望身邊的人都可以平平安安。

但今年，她好像有了想許的，特別實際的願望。

晚上這場沒聚到特別晚，不到十一點就散了。

陸星延拒絕了所有的續攤邀請，待結束就拉上沈星若往外走。

學校所在的這一片區域不同於市中心夜裡那般熱鬧，九點過後就只餘馬路上偶爾飛馳而過的車，還有沿路鋪撒的暖黃路燈。

沈星若被拉著漫無目的走了兩條街，終於忍不住問了句，「去哪？」

陸星延停下腳步，回頭。

他今天穿黑色的T恤，牛仔褲捲邊露出腳踝，淺咖啡色板鞋。

回頭時路燈光暈落在他側臉，輪廓被打上一道陰影，沈星若看到他牽了一下唇角，聲音帶上幾分薄薄的散漫，有些酒氣。

他說：「跟我走。」

他說「跟我走」，沈星若也就像被蠱惑了般，跟著他往前，沒再追問。

在十八歲生日的最後一個小時，陸星延拉著沈星若穿過大街小巷，一路走到了市中心。

星城向來不夜。

快要十二點，酒吧街仍舊熙攘。

路上三兩成群的男男女女嬉笑打鬧，酒吧招牌亮著五彩斑斕的燈光，網紅飲料店在排隊，電玩店還在放動感音樂，小巷裡不具名的油炸香味順著風飄散出來……

兩人停在十字路口，斑馬線前的行人紅燈倒數計時五十九秒。

一路疾走，心臟跳動劇烈。

陸星延看了一眼時間，忽然問：「沈星若，妳剛剛許什麼願了？說出來看看我能不能幫妳實現。」

沈星若一頓，反問道：「那你許什麼願了？」

陸星延答得倒很乾脆，「我啊？我就許願今年能實現去年的願望。」

他去年的願望是，找到女朋友。

沈星若抿唇。

夜風吹亂她柔軟的捲髮，有一綹停在細瘦的臉側，有點癢。

招搖而過的跑車開著遠光燈，將她的皮膚襯得白而清透，睫毛在強光下垂著，顯得又長又密，像一把可愛的小刷子。

「沈星若，還剩三十秒生日就要結束了。」陸星延盯著她看了一陣子，忽然幫她把碎髮別到耳後，「生日快樂。」

「雖然我不是第一個祝妳生日快樂的人，但我一定是最後一個祝妳生日快樂的人。」

沈星若抬眼，好半晌，她也輕聲說：「陸星延，生日快樂。」

「我也是最後一個祝你生日快樂的人。」

兩人對視，不約而同彎了一下唇。

紅燈還有十八秒。

陸星延低頭看她，「其實我還準備了一份生日禮物給妳。」

「什麼？」

「暢遊成人世界，怎麼樣？」

他敞開手，腦袋微偏，笑得不太正經。

沈星若：「……」

見她不說話，陸星延又靠近，手緩緩繞到她的身後，試探著，慢慢收緊。

在形成擁抱的姿態後，他的聲音一下子變得特別近——

「但這份禮物妳想簽收的話，有個前提。」

「那就是妳必須是我女朋友，不然我現在帶妳約會，我以後的女朋友會吃醋。」

他的擁抱，沈星若沒有抗拒，但也沒有迎合。

無聲靜謐裡，陸星延的心跳隨著紅燈數位的跳轉不斷加速。

八、七、六、五——

忽然，沈星若輕輕在他肩頭靠了一下，「我不會吃醋。」

三、二、一。

開始閃爍的紅燈倒映在兩人眼裡。

陸星延腦袋有那麼一瞬間完全空白。

雖然答案被他來來回回設想過好多遍，但真從沈星若口中說出來，那種感覺是完全不一樣的。

就像在大夏天幻想一杯可樂和在大夏天真實喝到一杯加冰的可樂……後者的快樂無可比擬。

陸星延的唇角瘋狂上揚，雙手也下意識攏緊，加深這個擁抱。

抱了一陣子，他又拉住沈星若的手往前跑，「那現在我帶妳去簽收禮物！」

他掌心的溫度緩緩流淌進她的掌心。

穿過斑馬線的時候，沈星若想起了很多偶像劇裡，男女主角一起奔跑的場景。

十八歲的夜空，有不圓但很明亮的月亮，有星星，還有夏夜微燥的風，枝丫輕晃的香樟樹，以及她的男朋友。

好像不錯。

第一站陸星延帶沈星若去了網咖。

雖然這年頭電腦已經不是稀奇的東西了，腦子靈活點的小學生都能從爸媽那騙來一臺電腦說要讀書，但在網咖打遊戲熬夜的快樂也不是在家三秒一卡頓可以比擬的。

遊戲區坐滿了人。

他們檢查過身分證，要了一個情侶座，然後點了兩杯飲料。

沈星若對上網沒什麼興趣，顧左顧右盼觀察內部裝潢和附近的人，因為這的確是她人生中第一次踏入網咖。

「怎麼，沒見過？」陸星延問。

沈星若隨口應：「見過，法制新聞裡經常見。」

「……」他將沈星若腦袋往懷裡帶了帶，「別亂講話。」

剛把女朋友騙到手，陸星延一路上表現得還算鎮定，但他內心早就忍不住想要炫耀。

其實這就和買了新口紅必須一頓飯拿出來補三次妝一樣的道理，有了女朋友不曬出來別人又怎麼知道你已經不是單身狗了呢。

於是陸星延邊開機邊和沈星若說：「妳休息一下，看我打遊戲。」

暴走了一小時，沈星若自然沒異議。

陸星延迅速進入遊戲，一看好友列表，整整齊齊。

他本來想著可能只有許承洲在，可李乘帆、趙朗銘、邊賀他們竟然都在，大概是KTV那邊結束他們這幾個傢伙直接續攤續到了網咖。

剛好一局結束了，陸星延拉他們組隊。

趙朗銘震驚了，『我靠延哥！你他媽怎麼也在？』

「帶妹上分你懂不懂？」

李乘帆以為是自己喝多了眼睛有點花，『妹在哪？』

「我妹……不是，我女朋友當然在我旁邊，我帶我女朋友上我號的分，你們有意見？」

他們用語音，在陸星延說出「女朋友」這三個字的時候，沈星若的注意力就已經被拉回來了。

她頓了頓，沒說話。

遊戲另一邊，李乘帆他們也已經明白了陸星延這一波突如其來的騷是什麼意思。

靠！

李乘帆恨不得掏出一把平底鍋把他拍死！直接拍死！原地拍死！

其實陸星延打遊戲之意不在遊戲，在於炫女朋友，但遊戲上都上了，而且女朋友就在身邊，他當然要拿點技術出來，證明一下這世界上還是有他能夠叱吒風雲的一畝三分地。

帶李乘帆他們贏了一局，他活動活動手關節，又揉了揉沈星若腦袋，雲淡風輕道：「妳看一眼，妳男朋友贏了。」

沈星若真的只看了一眼，然後更加雲淡風輕地「噢」了聲，用實際行動表明她真的對他這一畝三分地的無上榮光毫無興趣。

李乘帆聽到了沈星若冷漠的聲音，一個沒忍住爆笑出聲，『不是，延哥、延哥，十八歲生日你該不會就打算帶若姐在網咖坐一宿吧？哈哈哈哈哈我他媽要笑死！』

陸星延：「……你懂個屁啊，這叫體驗成人世界，不會講話你他媽就閉嘴。」

緊接著他又懶洋洋地喊：「趙朗銘？趙朗銘？你給我按著李乘帆這傢伙，包夜費我出了，今晚讓他給我在網咖吃一晚上雞，沒吃到早上八點誰也不准走。」

趙朗銘：『我又做錯什麼了？』

陸星延懶得管他，扔下一句「你爹要去過夜生活了」就直接下線。

帶沈星若在網咖見完世面，第二站，陸星延又帶她去了酒吧。

午夜酒吧正到達狂歡的高潮，裡頭音樂聲嗨到爆，舞池裡的人就像跳跳糖，你一跳我一跳，熱鬧得很。

陸星延覺得沈星若長得太招蜂引蝶了，進去前還買了個卡通口罩給她戴上。

音樂聲震耳欲聾，沈星若明顯有些不適。

陸星延在她身後捂住她的耳朵，帶她在吧檯要了杯莫吉托，略坐了一下子。

沈星若不太喜歡這種場合，沒有提出要喝什麼奇怪的烈酒，也沒提出要下場當跳跳糖，見完世面就很聽話地和陸星延出去了。

這之後兩人去電玩店玩了一圈，又去隱藏在市中心的老街小巷吃了一路。

淩晨兩點的時候，裴月打電話給陸星延，問他們什麼時候回來。

陸星延臉不紅心不跳，回答說他們班聚可能要通宵，讓她別等。

沈星若聽到他說這話，被握住的手稍稍屈了屈，但沒出聲。

裴月頓了片刻，解釋，『我沒有想等，我是想讓你照顧好若若，她一個女孩子在外面你多給我注意著點，別喝了酒讓人占了便宜，陸星延你聽到沒？給我上點心啊！』

陸星延敷衍地「嗯」了一聲。

心裡卻想：您這交代怕是有點晚，便宜已經占到手了，而且也不是第一次占了。

搞定裴月，巷子也走到了盡頭。

他們從小巷東頭進的，出來到了西頭，過馬路即是星江的沿江風光帶。

江邊風涼，剛過馬路，沈星若披散的頭髮就被吹得很亂。

她自己攏了兩把，可剛一攏好，又被吹散。

陸星延見狀，從她手上取下橡皮筋，「我幫妳綁起來。」

「你會不會？」

「妳不是總綁頭髮嗎，沒吃過豬肉我總見過豬跑。」

「你現在是在說我是豬嗎？」

陸星延稍頓，「不，我不是那個意思……」

「好吧，我才是豬。」他無奈地舉了下手，作投降狀。

沈星若沒說話，眼神卻明顯傳達出「算你識相」的意思。

陸星延鬆了口氣。

也多虧他聰明過人機智靈敏，早八百年就料到沈星若本來就不講道理，談戀愛之後肯定只會更加不講道理，所以早早做好了心理準備。

畢竟不談戀愛是不可能的，永遠也不可能不談戀愛的，女朋友又不能受委屈，那就只好自己受點委屈。

綁完頭髮，兩人站在江邊扶著欄杆，看了一下夜景。

陸星延這大半個晚上嘴角就沒拉下來過，這時也是噙著笑問：「成人的感覺怎麼樣？」

「感覺沒什麼意思。網咖也就那樣，酒吧也就那樣。」

沈星若雙手搭在欄杆上，看向遠方，本就清冷的聲音被風一吹，顯得有點縹緲。

「……妳是不是在暗示什麼？」

沈星若：「……」

陸星延也不知道自行亂想了什麼，了然地笑了下，輕輕按住她的後腦勺，另一隻手將她往自己懷裡帶，然後——吻了下去。

這個吻帶了點奶茶味，甜甜的。

沈星若一開始是發愣的，前半程一直睜著眼，後半程倒無師自通地閉上了。

等到一吻結束，陸星延捧著她的臉，鼻尖抵住她的鼻尖，離得很近地問：「那妳覺得接吻有沒有意思？」

沈星若好像還挺認真地想了想，「挺有意思的。」

為了證明真的有意思，她還墊腳，主動親了陸星延一下。

可能是因為喝了一點點啤酒，加上在酒吧喝了半杯莫吉托，沈星若身上也染了些酒氣。親完，她目光筆直地盯著陸星延說：「我睏了。」

陸星延被這從天而降的福利搞愣了幾秒，回神下意識問：「回家？」

沈星若搖頭。

「那妳又是在暗示我。」

沈星若沒否認，踩著他的腳尖湊近問：「你敢不敢？」

「我有什麼不敢。」

陸星延的聲音一下低了八個度，兩人靠得太近，他忍不住又在沈星若唇上親了一下。

他親得有點用力，沈星若差點從他腳尖跌下去，幸好他又摟了一把。

說真的，要是這時戴了運動手環，陸星延感覺心跳能破一百五。

畢竟這種親密以前只有夢裡才有，沒想到有朝一日，現實生活中也什麼都有。

他喉結滾動，抬頭遠眺酒店。

第二十九章　狀元

兩人到酒店時，酒店大廳雖然仍舊燈火通明，但已十分安靜，腳步聲落在地上清晰可聞。

夜班前臺見有人來，揚起親切笑容，倒未見深夜該有的倦怠之色。

兩人將身分證遞過去。

不巧，這家酒店正好在接待一個大型商務會議的與會人員，陸星延要的標準雙人房已經沒有了，大床房還有。

陸星延：「大床房就大床房吧。」

前臺小心觀察兩人神色，又輕聲問了句，「那兩位是需要一間房，還是兩間房呢？」

沉默片刻，陸星延說：「一間。」

前臺點點頭，「好的，請稍等。」

陸星延也不著痕跡地望了沈星若一眼

沈星若沒說話，大概是默認的意思。

房間在十六樓，刷卡進電梯，四周的鋼化鏡面將兩人的神情映得格外清晰。

沈星若看起來十分坦然，連垂眼的心虛動作都沒有。

倒是陸星延一下子撥弄瀏海，一下子又咳兩聲，摸摸後脖頸，小動作太多，緊張一覽無遺。

刷卡進房，滴地一聲，燈光亮起。

房間並不大，一張大床，正面對著的是電視機，旁邊一面落地窗，窗邊置有沙發、茶几和落地燈，躺在床上時隱約可見星江風景。

另一面則是磨砂面的浴室，只不過裡面的竹簾拉了下來，遮得很嚴實。

這一晚上又是快跑又是疾走，早就出了不少汗，沈星若進房間的第一件事就是打開衣櫃。衣櫃裡有掛著的免費浴袍，還有明碼標價未拆封的全新浴袍和一次性換洗衣物。她拆了一套去洗澡。

沈星若洗澡的時候，陸星延在房間裡來來回回地走，也就隨隨便便走了七、八十遍。

俗話說的好，書到用時方恨少，片到學時方恨直接進入高潮。

這他媽，他總不能直接動手動腳……他絲毫不懷疑他要是敢亂動沈星若會直接砍掉他的爪子或者將他扭送到警察局告他一個戀愛期間強行猥褻。

陸星延腦袋一片空白，走完這七、八十遍他又停在電視櫃前，忍不住拿起小盒子裝的保險套打量了一下。

這酒店可以啊，尺寸品牌還挺齊全，呼啦啦一排擺這麼多，這是想讓誰精盡而亡呢。

他打量得太過入神，連浴室裡的水聲已經悄然停止都沒察覺。

直到浴室傳來吱呀的開門聲，順便帶出一片水汽，他才後知後覺回神。

下意識往後看了一眼，他手忙腳亂地放下小盒子，掩唇咳嗽兩聲，又雙手插回口袋。

沈星若站在門旁抬眼看了看他，邊擦頭髮，邊慢吞吞往外走。

酒店統一尺碼的浴袍她穿起來有些大了，交領拉近也還是露出了脖頸下方一大片雪白的肌膚。

她的鎖骨很漂亮，一字型的，顯得肩膀很薄。

其實更大尺度的吊帶裙陸星延也不是沒見過，可這時他還是不爭氣地紅了一下耳朵，眼睛也不知道該往哪放。

而且他注意到沈星若看了那自助購物的盒子一眼，緊張之下，就特別多餘地解釋了句，「我沒帶菸，剛剛看了一下，他們這裡的菸還挺貴的，也不是什麼很好的牌子。」

沈星若沒說話，一路擦著頭髮走到了他面前。

她停了停，忽然伸手，拿起剛剛他打量過的那盒保險套，換了個方向擺正。

然後又繼續往前走，去拿吹風機。

陸星延：「……」

他轉身，「我只是看了一下，沒有想別的。」

陸星延知道，這話說出來鬼都不信，說完他覺得特別傻。

否認什麼，他想想女朋友怎麼了，又不犯法。

沈星若拿起吹風機，看了他一眼，「你想也沒用。」

陸星延：「……」

他按了按眉骨，轉身嘆了口氣，認命地拿了東西去浴室洗澡。

等他進到浴室，他才明白沈星若剛剛那句「你想也沒用」是什麼意思。

——她拆了包衛生棉，剩下幾片還放在洗漱檯上。

陸星延這才想起，沈星若的經期本來在月初，適逢升學考，周姨幾碗藥灌下去，硬是把她的經期給灌得推遲了。

OK。

今晚別想了。

他一個冷水澡洗下去，算是把自己那點小心思洗了個乾乾淨淨。

陸星延從浴室出來的時候，沈星若已經吹乾了頭髮，靠在床上看一檔裝神弄鬼極力渲染恐怖詭異神祕氣氛，但每次最終解密都讓人滿頭霧水的節目。

她看得還挺聚精會神，手裡打開的一袋洋芋片都沒怎麼吃，目光全都落在了電視螢幕上。

陸星延邊擦頭髮邊醞釀情緒，正想開口說點什麼，就聽電視裡忽然傳來一陣驚悚風格的音樂，緊接著旁白幽幽地說：『朱家坳的鬼火到底有什麼神祕的由來，它的出現，給這個寧靜而又美麗的村莊又帶來了怎樣的災難?不要走開，精彩馬上回來。』

「……」

陸星延摸了摸後腦勺。

不是，這個開房的氣氛怎麼這麼奇怪呢。

沈星若什麼時候有的這種愛好，這他媽和看農村發展節目有什麼區別？

見進了廣告沈星若還這麼專注，陸星延猶豫片刻，貓腰從電視機前穿過，拿了吹風機回浴室，關門吹頭髮。

等他吹乾頭髮，再次醞釀好情緒出來，正要開口問沈星若他是不是也可以睡在這張床上的時候，幽靈般的旁白又來了，『朱家坳驚現神祕鬼火，失蹤的豬羊，被破壞的房屋，這詭譎莫測的背後，到底是什麼未知力量在暗中操縱？』

陸星延：「……」

鬼火豬羊未知力量，真是信了你的邪。

他繞到沈星若床邊，剛張了張嘴，沈星若忽然抬頭，看了他一眼，然後默不作聲地——往旁邊挪了個床位。

陸星延稍愣。

不是，他都已經做好打地鋪的準備了，這他媽又是什麼天降福利。

陸星延不作二想，以五十公尺衝刺的速度立刻馬上掀開被子鑽了進去，然後和沈星若保持著同樣的姿勢同樣的弧度半躺半靠在床頭，再也沒多說半句話，只是靜靜地和她一起欣賞朱家坳的鬼火之謎。

看了一會兒，陸星延覺得，沈星若的品味還可以，這節目認真看還有點意思。

沈星若表面鎮靜，其實心裡也挺緊張的。

她也不知道自己在想什麼，大概是想全套體驗一下成年人的世界，所以勾著陸星延來開房了。

人生中第一次開房間，和她今天新鮮出爐的男朋友，怎麼想怎麼旖旎。

可她沒想到，陸星延洗澡時她隨便打開的節目，陸星延上床之後竟然看得津津有味，看就算了，他還時不時要吃兩片洋芋片助興。

如果他們進酒店的時候買了瓜子，她覺得陸星延會毫不猶豫地抓起一把邊磕邊看。

沈星若面無表情，看著電視裡鄉親們嚷嚷著遇神殺神遇鬼剁鬼必須把豬羊要回來的一段採訪，心裡在想：陸星延在學校裡看起來也算緊跟時尚潮流的那一群人，為什麼背地裡的喜好卻是農村發展節目和這種裝神弄鬼的野雞節目？

她按了按太陽穴，對自己找男朋友的眼光產生了一些些懷疑。

二十分鐘，這一期節目結束了，朱家坳的鬼火還是沒有解密，主持人搖著小扇子說下期再會。

陸星延意猶未盡地回過神來，看了沈星若一眼。

不知道什麼時候開始，之前看得入神的沈星若已經昏昏欲睡。

他將電視的聲音調小了點，問：「睏了？」

沈星若點點頭。

「那我關電視睡覺？」他再次徵詢沈星若的意見。

沈星若半睡半醒間說了句，「我沒關係，你看完了嗎？沒看完的話你先看吧。」

不是妳要看？

陸星延有點沒搞明白，糊里糊塗關了電視，他又幫沈星若掖了掖被角，問：「現在關燈？」

沈星若「嗯」了一聲。

陸星延也就伸手，將燈關上了。

房間倏然陷入黑暗，兩人平躺在一張一米八寬的大床兩邊，睡姿都是前所未有的規矩安分。

本來開著燈開著電視，兩人躺在同一張床上，感覺也還好，好像和平時一起坐在沙發上看電視沒什麼太大區別。

可現在四周靜下來，入目皆暗，彼此的呼吸清晰得從一開始的此起彼伏慢慢變得規律而整齊。

兩人都沒睡著，兩人也都沒有說話。

陸星延覺得不是這麼回事。

雖然她今晚生理期來了，不可能有什麼負距離接觸，但如果躺在同一張床上就這麼默不作聲相安無事直接睡到明天一早的話，說出來他能被李乘帆趙朗銘他們笑上二十年。

再說了，沈星若現在都是他女朋友了，他有什麼好怕的。

心動不如行動，陸星延從被子裡摸過去，很快牽住了沈星若瘦瘦的手。

而且他發現，沈星若也沒抗拒。

於是他再接再厲，側過身體，伸出另一隻手，攬了攬沈星若的腰。

他能很明顯感覺到沈星若稍稍僵硬了一下，不過僵硬完，她好像又慢慢地嘗試放鬆。

察覺到這細微變化，陸星延輕輕地，將沈星若往自己懷裡攬了攬。

沈星若沒抗拒，很快就被帶到他懷裡。

黑暗中，他的心跳聲十分清晰，跳動的頻率很快，節奏也很有力。

房間裡的冷氣維持在二十五度左右，被子也是薄薄的一層，沈星若卻覺得有些熱，尤其是悶在陸星延胸膛間，距離隔得太近，姿勢太過親密，她感覺自己的耳朵、脖頸，全都熱得像燒起來了一樣。

她透不過氣，於是安靜地翻了個邊。

人還在陸星延懷裡，卻已經換成了背靠的姿態。

陸星延被她摩擦了兩個來回，不經大腦思考地喊了聲，「沈星若。」

沈星若稍頓，「怎麼了？」

陸星延：「……」

他能說「妳這麼動一下我已經起反應了」嗎……

他忍著不適，下半身稍稍往後退了退，儘量不和沈星若產生接觸。

免得沈星若以為他沒有人性喪盡天良都這種情況了還想著要碧血洗銀槍。

可這樣一來，他一動也不敢動的，身體很僵硬，被欲望折磨著，也不知道該說點什麼。

見他半天沒聲音，沈星若又問了遍：「怎麼了？」

「沒怎麼。」他隨口敷衍，「妳看外面。」

沈星若往外望。

今晚的月亮只有彎彎一輪，清輝半減。

落地窗外的星江倒映四周燈火，依舊閃爍著粼粼波光。

挺美的。

陸星延沒話找話接著說：「妳看江上那、那綠色的光，是不是有點像……朱家坳的鬼火？」

沈星若：「……」

「說起來這事還真的挺邪門的，妳說他們的豬羊到底去哪了？」

沈星若：「……」

沈星若一整個晚上都沒怎麼睡好。

她每每閉眼，想起和陸星延第一次同床共枕討論的話題竟然是什麼朱家坳的鬼火和丟失的豬羊，就覺得自己再也睡不著了。

偏偏陸星延自顧自聊了一陣子鬼火和豬羊之後，見她沒有回應，就那麼毫無心理負擔地睡了。

沈星若越想越睡不著，翻身，正面對著陸星延。

察覺到動靜，陸星延睡夢中微微皺眉，攏在她腰間的手還收了收。

不可否認的一點是，陸星延很帥，可以說是那種「大腦空蕩蕩，顏值在臉上」的典型代表，帥得表面又直白，不需要反覆欣賞才能Get，也不需要用氣質性格來烘托。

而且很不巧，沈星若就是很喜歡這種長相。

這常常讓她感覺，自己很膚淺。

盯著他的睡顏看了五秒，沈星若真切感受到，她其實真的很難對著這張臉生氣。

陸星延的呼吸很均勻，睡夢中好像還在呢喃著喊她若若。

也不知道是不是她聽錯了，畢竟兩人雖然確立了戀愛關係，但這一晚上，他們還是直來直往地叫全名。

若若這麼親昵的稱呼，她從來沒有聽陸星延叫過，如果真叫了，似乎也很彆扭。

事實上，沈星若沒有聽錯。

以前不過是露個細肩帶叫聲哥哥，陸星延那春夢就能天南海北胡亂蔓延。

這時軟玉溫香在他懷中，兩人不過隔了層薄薄的浴袍，那夢做得更為離奇，好像是件理所當然的事。

這晚夢裡，沈星若嬌軟聽話。

他抱著人，想做什麼就做什麼，特別暢快。

就是不知怎麼的，畫面一轉變成了野外，沈星若扶著樹幹，他在沈星若身後奮力耕耘。

本來也挺有情趣的，但四周忽然幽幽地亮起一盞、兩盞、三盞……鬼火。

緊接著四面八方的朱家坳村民湧上來，將他和沈星若團團圍住，唾沫橫飛地要他們還豬還羊。

他怎麼解釋這些村民都不聽，最後只能將沈星若護在懷中，承受村民們扔來的爛番茄臭雞蛋。

夢醒之前，他聽到人群中有人粗著嗓子喊了句，「快燒點開水來，剛好把他們做成番茄蛋花湯！」

然後他就被開水燙醒——實際是被兩人交纏相擁的姿態給熱醒了。

沈星若很晚才闔眼，所以天亮了還睡得特別熟。

陸星延醒來發現自己全身是汗，沈星若身上也汗津津的。

他將空調調低了兩度，又幫沈星若擦了擦汗，重新將她攬進懷裡。

其實男人一早本該反應強烈，但他被這夢折騰得不輕，一時間實在是反應不過來。

就這樣抱了小半個小時，陸星延才算完全清醒。

見沈星若還睡得很香，他輕手輕腳，拿起手機滑了滑。

升學考過後的社群非常 peace and love，他憋不住，想小騷一下，於是熟練地避開裴月、陸山等一連串親朋好友中的親，發了一則動態——『有女朋友的感覺真好。』

順便配圖一張：時速七十公里，心情是自由自在.jpg

李乘帆趙朗銘他們通宵打玩遊戲，正是心臟狂跳瀕臨猝死即將升天的危險時刻，走出網咖前打開手機滑一滑，還要看陸星延瘋狂開屏。

叔可忍狐朋狗友不能忍，於是都自動自發地在下面排隊 Diss——

李乘帆：『我瞧你二十公里都挺吃力。』

趙朗銘：『起這麼早，一看就是沒有性生活。』

邊賀回覆趙朗銘：『也許有，聽說處男都只要幾十秒。』

點讚和恭喜他找到女朋友的留言他都翹著唇角看完的，到他們這三個，他的唇角迅速拉平。

陸星延回覆邊賀：『檢舉造謠了。』

這大好暑期時光，還沒有暑假作業和升學考倒數計時的緊箍咒，醒這麼早的人自然少。

陸星延從社群轉回群組騷了一波，也沒多聊，想著要洗個澡，以清清爽爽的姿態出現在親親女朋友的面前，順便幫親親女朋友弄點早餐過來，展現一下自己的溫柔體貼，

陸星延並不知道，此時這座城市另一家快捷酒店，終於幫手機充上電的何思越也看到了他的動態。

阮雯也看到了。

她安安靜靜縮在角落坐了一下子，小聲問：「班……班長，你還好吧？」

何思越聲音疲憊中仍是溫和，「我沒事，妳稍微整理一下，我下去買點早餐。」

說著，他起身往外走。

阮雯一直望著何思越的背影，等何思越走了，她的目光又落在放在電視櫃的禮物盒上。

然後得出一個結論，他應該……不太好。

其實何思越沒有阮雯想的那麼難受，他昨晚的確幫沈星若準備了生日禮物，也有過想要告白的打算，但他心底知道，成功機率不高。

而且他對沈星若，自己也說不清楚，是喜歡多一點，還是欣賞多一點。

所以一大早看到陸星延的動態，他的情緒好像更加偏向釋然。

真要說，還是昨晚和阮雯那段雞飛狗跳陰差陽錯的經歷給他的衝擊更大。

生活真難。

陸星延和沈星若的關係在同學圈子傳開後，大家都沒有很驚訝，反而有種「終於在一起了」的塵埃落定之感。

不過也有好事者在背地裡八卦，覺得兩人的差距肯定難以長久。

比如對他們都懷恨在心的李聽那兩個碎嘴小姐妹。

她們三個還有另外幾個女生都在同個群組裡，陸星延和沈星若談戀愛的消息剛傳出來，群組裡就開始熱鬧。

說兩人肯定上不了同一所大學談不了多久就會分手；還說兩人說不定要異國戀，留學圈子很亂，異國戀沒有哪對能長久。

總之話裡話外意思都是提前幸災樂禍盼著兩人分手。

李聽現在覺得這些無趣極了。

人家家長都不反對，還有錢有顏的，分分合合日子都過得舒坦，不知道這些人瞎操哪門子心，有這個功夫還不如操心一下自己能上哪個大學。

她無聲無息地，從群組裡退了出來。

陸星延和沈星若的戀愛關係確定後，在家的相處也沒多大改變，畢竟家裡還有一個周姨一個裴月。

兩人的眼神交流都比以前少了，生怕露出什麼端倪。

而且最主要的是，現在還沒了補習的理由可以光明正大待在同一間房，陸星延覺得這日子是越來越難過了。

在家裡待了兩天，他開始拿狐朋狗友們擋槍，每天都和裴月報備這個叫他出去玩，那個叫他出去玩，然後他就可以順便把沈星若也帶出去。

兩人都是第一次談戀愛。

真正在一起後沈星若才知道，其實談戀愛並不代表一定要做些證明到底有多愛對方的事情。

只要兩個人待在一起，就很開心很有意思。

看無聊的文藝片有意思，坐地鐵、公車有意思，排隊吃飯也有意思，甚至陪陸星延去網咖，和李乘帆他們組隊打遊戲她都覺得有意思。

膩在一起的日子總是過得很快，一眨眼便到了六月下旬。

今年星城的成績公布日是六月二十五號，成績公布的前一晚，吃過晚飯，陸星延就悄悄地溜進了沈星若的房間。

因為裴月叫了美容師來家裡，短時間不會上來。

陸星延進房的時候，沈星若剛洗完澡，在床上看韓劇。

她自懂事以來都過得不太輕鬆，小時候宋青照安排她學這學那，她也從來都是高標準要求自己，小女生們愛看的小說、韓劇，她接觸得很少。

不過都談戀愛了，總該補補理論知識。

陸星延特別喜歡抱她，見她趴在床上看劇，熟門熟路地覆上去，把她抱進懷裡，然後他幫忙拿著平板，兩人一起看。

沈星若最近的睡衣都穿得很保守，睡裙完全沒穿過了，衣服也都是一套套的卡通風格。

畢竟她對陸星延的人品實在沒什麼信心，

這劇播到女主角在準備他們國家的升學考試，陸星延順口問了句，「妳緊不緊張，明天就公布成績了。」

沈星若：「有什麼好緊張的。」

事實上這兩天沒接到招生組的電話，家裡也沒來人，她感覺自己考得……沒有特別好。

陸星延其實也隱隱感覺到，沈星若可能沒有考到狀元。

他早就聽人說過，一般考到狀元，T大、P大都會上門搶人。

想到這，他親了親沈星若，又不安分地往她身前柔軟上捏了把，企圖分散她的注意力。

兩人正黏黏糊糊的時候，門口忽然傳來一陣急促的敲門聲。

周姨朝裡面喊：「若若、若若！妳快出來一下，有幾個自稱是P大招生組的來找妳了！現在被擋在別墅區外面，妳說這是不是騙子呀！」

沈星若和陸星延都愣了愣。

這可來得，真不是時候。

他們匆匆下床。

沈星若勉強鎮定地應了聲，「我馬上出來。」

唯一值得慶幸的一點，是陸星延進房的時候鎖了門，周姨轉了好幾次都沒轉開。

一刻鐘後，招生組的人被帶進了別墅，沈星若也在陸星延幫助下，手忙腳亂換了身衣服。

她和陸星延一起往樓下走，途中還順便接了個沈光耀的電話。

原來T大的招生組也連夜趕到了匯澤去找人。

見到沈星若，招生組的人稍微愣了愣。

沈星若，裸分七一二，在無任何加分的情況下，仍舊以絕對優勢拿下了今年星南省的文組總分省狀元。

今年升學考，上頭的命令一份一份下來，死壓著不提前給成績。

整個招生組提前一週就到了星南省駐紮，瞭解各名校有望衝次狀元的資優生，可直到今天傍晚時分，他們才拿到星南省的排名。

好在這位沈星若他們是重點瞭解過的，成績頂尖家世優越長相出眾還課外技能滿點，資料擺在那，十分搶眼。

本來他們也要和T大一樣衝到匯澤去找人，幸好招生組裡有一位是王有福以前的學生。

王有福無意間透露出沈星若目前並不在匯澤的消息，他們才沒奔錯地方。

見到真人的感覺，和看到資料不太一樣，因為這小姑娘可真是……太好看了。

沈星若和陸星延本就有種被捉姦在床的心慌意亂，看到樓下這群人也有點回不過神。

周姨說的是幾個人，他們都理所應當以為是兩、三個。

可沒想到樓下站著足足八、九個，三個老師帶頭，剩下的都是歷屆明禮考入P大的學長、學姐。

招生組也是第一次跑狀元家跑到高級別墅，還有些不太適應。

這家也太富貴了。

湖畔別墅在這一地區應該是最好的位置，疑似沈星若母親的人剛剛好像在做美容，出來接待他們的時候後面還跟了三個姿態優雅的美容師，排場大得很。

一般的條件，怕是打動不了這位狀元。

兩廂安靜片刻，還是裴月心花怒放地輕輕按了按臉，上前招待，「各位老師快坐快坐，若若、陸星延，你們也快下來。」

她招呼完，又轉身讓周姨去準備茶和水果，自己也引著人往客廳沙發走。

沈星若坐在沙發上。聽到自己考了七一二分，是這屆星南省的文組省狀元，也仍然一臉平靜，只「噢」了一聲，看起來好像省狀元是隨便考著玩玩。

但實際上，她心裡覺得很不真實。

剛剛聽到招生組來的消息時，她穿衣服都穿反了，還是陸星延提醒她才換回來。

招生組的人見沈星若這般波瀾不驚，一時不知該如何繼續切入話題。

只有其中一個最近談了戀愛的學姐注意到沈星若和陸星延不太一般的親密，而且她也不知道自己是不是看錯了，這位新鮮出爐的狀元……脖頸上怎麼好像有……草莓印？

裴月的觀察力沒這麼好，聽說沈星若考了狀元心裡喜得和什麼似的，為了活躍氣氛，又笑呵呵地打開了電視。

好巧不巧，電視裡又在播陸星延和沈星若開房那晚放的朱家坳鬼火之謎，只不過這次已經分析到最後了。

陸星延察覺到沈星若的緊張和游離，忽然拍了拍她的肩膀，懶洋洋說：「欸妳看，原來朱家坳那鬼火就是磷粉。」

「不過還是沒說他們那些豬羊去哪了。」

沈星若：「……」

來找沈星若的招生組成員都是文組生，但能考進P大，各科成績都不會太差。

其中有個男生比較機敏，很快就順著電視裡這鬼火源頭的磷粉打開了話匣子。

對於省狀元，P大、T大兩所頂尖學府都是一等一的重視。

在搶先一步接洽到沈星若本人後，領頭的老師接了個電話。

彷彿是得到什麼消息，掛了電話，這老師很快便將話題帶到了另一個方向，說想邀請沈星若去P大參觀，他們會為她安排好在帝都的各項行程，而且只要她同意，現在立刻馬上就能出發。

還沒等沈星若決斷，沈光耀的電話打過來了。

之前沈光耀在電話裡說不干涉她的決定，她想去哪所學校就去哪所，甚至出國都可以。

但T大在動用人際網這一方面向來厲害，不過半個多小時的功夫，沈光耀當年落魄時的恩師就親自打了電話給沈光耀，希望沈光耀賣他個面子，至少讓沈星若和T大招生組的人見上一面，接觸一下總不是什麼壞事。

沈光耀不得已，推了手頭在準備的畫展工作，和T大招生組的人連夜出發趕往星城。

P大招生組的帶隊老師大概也是接到了這個消息，所以急著想帶沈星若走，將沈星若和T大那邊隔離開來。

一晚兵荒馬亂，在今晚房門被周姨敲響之前，陸星延連想都沒想過，頂尖學府搶人的戲碼，能到達如此誇張的地步。

別說陸星延沒想到，沈星若自己也沒想到。

而且特別令人費解的一點是，在她表明自己本就心屬P大，不必如此麻煩後，P大招生組的人也沒有任何鬆一口氣的表現。

其中某位也曾被兩所大學來回爭搶的狀元學長心想：那是因為妳對頂尖名校招生人員的洗腦能力一無所知。

想當年他也是全心全意奔著港大去的，心意非常堅決，甚至考完他還發了一則動態說：港大我來了！

結果P大找上門，沒兩天功夫，他就跟陳世美一樣變心了。

不過沈星若最終也沒同意馬上和他們一起去帝都，只詳細瞭解了一下她心儀的幾個科系，說自己想要考慮一下。

之後沈光耀帶T大招生組過來，T大招生組照樣提出了參觀的邀請，她也沒答應，只說自己會好好考慮。

考到狀元這件事以這種突如其來的方式被提前知曉，沒等調整好狀態又應付了兩輪爭搶，沈星若真的很沒真實感，好像這一晚的所有其實都是一場荒誕臆想，睜眼會發現，什麼都沒發生。

沈星若晚上沒睡著。

陸星延也陪著她沒有睡覺。

前半夜兩人傳訊息，後半夜家裡靜悄悄，陸星延藝高人膽大，再次溜進了沈星若的房間。

親密接觸大概會讓人上癮，從確立關係那晚生澀的同床共枕開始，陸星延對這件事的熟練度就在不斷提升。

其實大多時候他都是抱著沈星若，單純享受這種親密，並不是每次碰到沈星若都像只會發情的狗般下身高高豎起。

就像這一晚，他也只是將沈星若抱在懷裡。

兩人低聲說話，有一搭沒一搭地聊天。

陸星延嘴賤的時候，沈星若也會如往常一般對他發動羞辱攻擊，而且現在還加上了手上動作。

陸星延後知後覺發現，沈星若掐人的功夫也挺爐火純青。

一夜無夢。

次日一早，陸星延趁沈星若還睡得熟，幫她掖好被角，將冷氣溫度稍稍調高，悄悄回了自己房間。

上午十點，公布升學考分數標準。

高標五六二，均標五一五。

陸星延躺在床上看到這消息，感覺自己過個均標還挺有可能的。

下午一點公布成績。

十二點多，查分系統就被塞爆了。

陸星延看得特別開，覺得沒什麼可著急的，又不是早一點看到分數就能多考幾分。

倒是沈星若拿著他從垃圾堆撿回來的准考證，一直守在電腦前。

分數查出來的時候，陸星延正躺在沙發上打遊戲，口中念念有詞不帶重複地 Diss 著對方那群小垃圾。

最後一波攻上高地，正是緊張時刻，沈星若忽然喊了一聲，「陸星延，分數出來了。」

她的聲音一如既往平靜清冷。

陸星延稍一分神，被高傷害的圍攻三兩下弄死了。

腦袋上出現倒數計時，等待復活。

不過照目前情形，不等他復活，他的隊友應該能一波推塔。

他抬頭問：「多少？是不是不怎麼樣？」

沈星若沒說話。

陸星延往門口望了望，沒聽見周姨和裴月上來的動靜，於是又說：「我考得再差妳也不能反悔啊，妳已經是我女朋友了。」

說著他起身，往沈星若那走。

沈星若一直看著螢幕，「五六二。」

「多少？」陸星延以為自己聽錯了，「妳說高標？我知道高標是五六二。」

「我說，你總分五六二。」

陸星延步子稍頓，他的手機螢幕上，對方的紅色泉水正好炸開，女聲播報：『Victory！』

姓名：陸星延

考生號：20xxxxxxxxxxx

准考證號：13xxxxx

語文：109

數學：118

外語：107

社會科：228

總分：562

是真的，他真的考了五六二，一分不多一分不少，正正好踩上高標。

分數出來的同時，明禮高三社會組辦公室也炸了！

學校比學生略早收到班級成績表。

一班整體來看，這次升學考成績在三個文組實驗班裡還是吊了車尾，班上五十六個同學，除去李乘帆、趙朗銘等八名學籍實際掛靠在明禮子弟高中的學生，只有四十人考上高標。

人家四班一個普通班，也有三十七個。

——但一班出了文組省狀元！

今年星南省理組狀元旁落一中，明禮只摘了個榜眼。所以光是出了文組狀元這一項，一班就足以吊打今年明禮所有班級。

王有福捧著他的紅色保溫杯，紅光滿面，面對全員過高標但沒出狀元氣得想跑來打他的二班班導師曾桂玉，他得意得就差往外吐舌頭說「略略略」了。

一班除了沈星若爭氣，何思越也以六七七的超高總分擠進了全省前五十。

加上他有校長實名推薦，面試時拿了P大降六十分的優惠，他進P大完全可以科系任選。

另外還有兩人總分在六五零以上，P、T兩所大學也不成問題。

其餘考六百分以上的總共有十六人，超了高標四、五十分，這一波上頂尖大學也是信手拈來。

而且王有福還發現一個驚喜，那就是陸星延壓高標考了五六二！

不多不少剛好五六二！

這是什麼概念？這意味陸星延考上了星城大學！

陸星延在校三年，第一年半惹是生非無數，蹺課遲到頂撞老師打架鬥毆樣樣有份！成績還差得不能看，簡直就是光明頂終生會員。

可在他的教導和關愛下，不學無術的小渣滓就這麼一朝開竅魚躍龍門了，這顯然比他班上考出個狀元更能說明他教學能力和育人水準的卓越優秀！

王有福一整天都笑得和朵花似的，眼睛瞇成了一條縫。

陸星延的狐朋狗友們得到這消息時其實沒那麼震驚，因為在學渣的世界裡只覺得，平時陸星延也能考五百三十了，那五六二不也就多了三十多分，沒什麼了不起的。

陸星延自己也沒像裴月陸山他們那樣又驚又喜。

又不是考上P大。

成績出來的當晚，學校安排了一場志願填報的指導活動，沈星若和陸星延都沒去。

兩人方向明朗，沈星若和P大簽訂協議書，確定填報。

陸星延有星大自招的錄取優惠，可定向選擇文史類專業，沈星若從旁監督，看著他填報了星大的漢語言文學。

一切塵埃落定，格外順利。

沈星若總有種不太真實的感覺。

但她也沒什麼時間感慨，因為分數出來後，她變得出乎意料地忙碌。

這幾天，有上百家大大小小的媒體都想採訪她。

幾家宣傳公司不知道從哪弄到了她之前的表演影片，覺得她長得漂亮氣質好，有的想找她拍學習用品的廣告，有的想找她合作，炒作美女狀元，捧她當網紅。

甚至星城電視臺也發來邀請，說他們某檔熱門綜藝正好在做一期「學神季」的直播答題節目，想請她過去參加。

諸如此類。

以前沈星若覺得，狀元不過是一次考試的第一，並沒有想過隨之而來的，還有這麼多赤裸裸的，與利益相關的交易。

沈星若拒絕了很多媒體，但和明禮有牽扯的，她沒辦法拒絕。

這陣子，她一直在外面參加各種活動。

而且P大招生組不斷向她發出邀請，盛情難卻，她還空了兩天時間，去帝都參觀學校，聽了幾場講座。

與此同時，陸星延無聊得很，只好天天和一群狐朋狗友們在外面瘋玩。

三十號是沈星若和陸星延去巴黎的日子，也是志願截止的日子，二十九號傍晚，P大招生組終於放心放沈星若回家了。

剩下的採訪合作和節目邀請沈星若全都直接拒絕。

去機場的路上，還有老師打電話過來關心她，說這些對她而言其實是很好的機會，進入大學其實就相當於進入半個社會，提早接觸一下不是壞事。

但沈星若還是拒絕了。

她感覺自己有時候挺戀愛腦的，因為比起這些，她更不想耽誤和陸星延一起去歐洲畢業旅行的行程。

飛機降落星城機場時，外面天陰沉沉。

沈星若叫了輛車回落星湖，半路看到社群動態上李乘帆定位在一家撞球場，她打電話問陸星延是不是在那，陸星延說是，她又臨時和司機改了目的地。

陸星延撞球技術不錯，這時正表演一杆清檯，接了個電話繼續，準頭誤了點，斷了。

「若姐要來？到哪了？」李乘帆聽到電話，來了精神。

「她在帝都，看你動態上的定位了，打個電話問問。」陸星延聲音懶洋洋的。

許承洲擦了點巧克粉起杆，邊瞄準邊調侃，「老婆還查崗呢高材生。」

陸星延唇角扯了下，「怎麼，羨慕嫉妒恨？」

他這群狐朋狗友也不知道是遭了什麼詛咒，除了他全都單身，升學考過後大家心思也活躍起來，每每出來玩，總少不了談戀愛這個話題。

今天也不例外，先是許承洲把他前段時間追女生的失敗案例拿出來自行鞭屍一遍，緊接著邊賀也忍不住說出心裡苦楚。

當初他還挺喜歡翟嘉靜的，溫溫柔柔善解人意又長得漂亮，誰能想到心思竟然那麼壞。

大家嘴上各自抱怨，手下也毫不留情分分鐘想搞一波大的一杆清檯。

這局陸星延開球，檯面上被掃了一半，趙朗銘賊壞，又開始分散陸星延注意力。

「延哥，不是我說啊，你和若姐這異地戀我感覺你還是要多上點心。」

「遠的不說就說近的，何思越不是也考上P大了嗎，俗話說得好近水樓臺先得月，你別忘了你這月怎麼來的，搞不好這月又被別的樓臺搶了。」

陸星延輕哂，朝他挑挑眉峰，一杆又帶進兩個球。

然後他起身，邊上巧克粉，散漫道：「好了啦，就你這點道行還想分散我的注意力。你放一萬個心，異地戀，不存在的。」說的同時，他還伸出一根手指，搖了搖。

「什麼意思？」趙朗銘聽糊塗了。

陸星延睨了牆壁掛鐘一眼，離志願截止只剩四個小時，他也就放心說了，「我沒填星大，就填了P大附近的幾個學校，有個去年才升等的大學，踩線就夠上了。我本來就不想上什麼頂尖名牌大學，又不能和女朋友同個學校，有什麼用。」

「……」

不是，他們這群人雖然讀書少，但也知道一般公立大學和頂尖學府的差距還是挺大的。

大家都傻眼了。

李乘帆說：「你瘋了吧，沈星若知道嗎？」

「我哪敢讓她知道啊，她那脾氣你還不知道，分分鐘能讓我投湖自盡，但今晚志願截止，到時候……那成語怎麼說來著？哦，木已成舟，填都填完了，她最多就是和我冷戰幾天，又不是什麼大事，真要四年異地戀，我看這戀愛也沒什麼好談的了……」

陸星延自說自話，說到這，正好一杆清完檯，他還想再發表幾句高見，可他忽然發現，四周格外安靜，而且李乘帆還在瘋狂朝他使眼色。

陸星延後知後覺，放下球杆，回頭。

沈星若拖著行李箱，站在他身後不足三公尺遠的地方，神情是他已經很久未見的冷淡。

第三十章　風波

神仙打架，小妖退場。

李乘帆趙朗銘幾個人特別識趣，訕訕和沈星若招呼了兩句，然後以媲美火箭發射的速度竄沒了影。

儼然是一場塑膠基友情分崩離析的現場直播。

陸星延愣了幾秒才回神，單槍匹馬面對沈星若，一時間不知道說什麼好，只好叫來服務生簽名結帳，然後又讓人拿了瓶檸檬水。

他邊擰瓶蓋，邊醞釀雲淡風輕的情緒。

醞釀好了，他上前，將飲料往沈星若手中遞了遞，「怎麼回來了，我還以為妳明天才會回呢。路上累不累，妳早說妳今天回來，我就去機場接妳了。」

沈星若沒接。

他的手在空中舉了一陣子，又僵硬收回，自己喝了一口。

氣氛在沉默中慢慢地降至冰點。

可陸星延也不知道該說什麼，只好沒話找話，「許承洲他們這幾個傢伙跑得可真夠快，我一杆清檯還沒給錢就給我跑了。」

瞥見沈星若不甚明朗的臉色，他順勢覆上沈星若的手，想從她手裡接過行李箱拉杆。

可沈星若沒鬆手。

冷冷看著陸星延裝聾作啞嬉皮笑臉沒有半分解釋的意思，本來涼了半截的心，現在算是涼透了。

「放開！」她忽然推開陸星延的手，拉著行李箱轉身，快步往外走。

陸星延稍怔片刻，立馬追了出去。

他追到門口時，沈星若剛好搭上電梯，上前再按，死活按不開。

另一臺還停在二十二樓，一時間下不來，他乾脆推開安全門，從樓梯追了下去。

盛夏白日很長，往常傍晚時分，天還大亮，今天卻是一副山雨欲來的模樣，天陰沉沉的，又熱又悶。

沈星若拖著行李箱站在十字路口的人行道前等紅綠燈。

陸星延看見人，三兩步便追了過去，拉住她的手臂，「沈星若，妳聽我解釋。」

沈星若瞥了手一眼，又抬眸冷靜地看著他，聲音也很冷靜，「好，你解釋。」

沈星若坦蕩乾脆，陸星延與她對視，話堵在喉嚨裡，忽然就不知道該從何說起。

他整理思緒，還是決定先低聲下氣一點，認個錯再說，認錯總沒錯。

於是很快做出一副可憐表情，「我錯了，都是我不好。」

「你錯了，你錯什麼了？」

陸星延一臉誠懇，「我錯在不該瞞著妳改志願。」

沈星若明顯不為所動。

他心裡其實沒覺得自己犯了什麼錯，見狀，很快又辯解道：「但我真的去星大的話，我們要異地戀四年。四年呢，那麼多異地戀分手的，我這還不都是為了我們的感情，為了妳……」

「你千萬別為了我，我承受不起。」沈星若聽到這，冷言冷語迅速打斷。

她最近幾天跟著P大招生組一起參觀體驗，行程很滿，備感疲累。

但疲累的同時，她也覺得很充實。

冥冥中她能夠感受到，即將到來的大學四年，將成為她人生裡一段充滿挑戰的新旅途的起點。

她自然希望，這一段新的旅途，陸星延可以陪她一起走到終點。所以，她為以後所做的打算裡全部都有陸星延。

只不過每當她勾勒一點未來藍圖，就能見到陸星延和他那一群朋友在社群上天天換不同定位，四處瘋玩。

她能理解。

畢竟成績才剛出來，陸星延本來又是愛玩的人，拘束太久放鬆一下理所應當。

平日和陸星延聊天，她對這些也從未阻止，只打算等去歐洲旅行，再和陸星延慢慢細說對未來四年的規劃。

哪裡想到，陸星延還挺有主見，回來就悶聲不吭回報了這麼大一個規劃給她。

她想起陸星延剛剛說他做的那些事時，毫無心虛還格外得意的樣子，心裡的火就不斷往外冒，她忍著不想說難聽的話。

可陸星延根本沒有意識到事情的嚴重性，還拉住她的手死皮賴臉，「好了別生氣了，我以後肯定好好讀書行不行？我和妳離得近我讀書效率也高一點，要是不和妳待在一起我根本就不會想要讀書的。」

「再說了，我能考到這個分數我爸媽他們都謝天謝地了，不會因為這個發火，妳不用擔心。」

「行了，明天就要去旅行了，我再陪妳逛商場，妳喜歡什麼我買給妳。」

說著，他還想上前抱抱沈星若。

沈星若卻往後避了避，沒說話，只是垂眸，一根一根地掰開他的手指。

緊接著她抬頭望向陸星延，目光筆直而冷淡，「別說了，道不同不相為謀，既然你覺得四年異地戀沒什麼好談的，那就趁早別談了。」

「……」

行人紅燈已經轉換成了綠燈，沈星若說完，往後退了退，拖著行李箱就往馬路對面走。

箱輪聲在不甚平坦的斑馬線上漸行漸遠，陸星延愣了三秒，尋思著「趁早別談」這意思聽起來有點像分手，仔細過了過腦。

靠！沈星若這意思還真的是要跟他分手！

他趕著想追過去說清楚，可這一醒神，沈星若已經走到馬路對面，眼看就要進地鐵入口。

他搶在交通燈還沒變幻的最後十秒往前追。

星城交通路況實在不好，中途他還被迫停了停，讓了兩臺要時間不要命的摩托車。

他追下地鐵入口時，前頭沈星若已經過完安檢，刷卡進地鐵站。

他沒帶包也沒行李，不用等。

哪知平日管理鬆散、帶包都不怎麼用過安檢的地鐵口，這次非攔著他現場喝一口檸檬水。

陸星延也是昏了頭，都沒想到直接扔掉這水，硬是當著人面前咕隆咕隆喝了一半。

——真他媽酸！

不過一轉眼的功夫，他喝下半瓶檸檬水，順利過完安檢，沈星若竟然已經消失在地鐵站的人山人海之中了！

正是下班高峰期，地鐵裡人頭攢動。

陸星延沒有地鐵一卡通，也沒有地鐵閘機的ＡＰＰ，身上還沒有半毛零錢，他一腳踹上牆壁，心裡爆了一串粗口，煩躁地揉了兩把頭髮，還是認命找了個信號還行的角落，邊下載ＡＰＰ邊打電話給沈星若。

他的電話沈星若自然不會接。

搗鼓ＡＰＰ的各種認證弄了五分鐘，陸星延愈發心煩意亂。

好不容易弄出條碼進站，他隨意瞥了地鐵線路一眼，就往地鐵上鑽，然後找了地方靠著，繼續瘋狂打電話給沈星若。

他越打就越氣。

沈星若這是什麼鳥態度！

他這麼做都為了誰啊！

什麼叫道不同不相為謀？這他媽也不是第一天知道他不喜歡念書，這一年半的道都走完了考到狀元去趟帝都道就不同了？

這P大招生組是不是有毒？

靠！他可真想找個投訴電話打過去把他們那群給人洗腦的傻子罵一頓。

電話鍥而不捨打了十分鐘，手機電量已經提示低於百分之十。

陸星延還沒來得及罵娘，忽地聽到地鐵女聲報站，報了個特別遠的地名。

他抬頭，仔細看了看地鐵線路——&*#@¥#@＃！坐反了！

陸星延之前聽陳竹追星時說過一句雞湯，說什麼……當你十分強烈地想要達成某個願望的時候，整個宇宙都會集中力量來幫你。

這他媽餿雞湯！

幫個屁啊幫，他不順的時候，整個宇宙怕是都看他不爽趕著踩他兩腳！

手機只剩百分之十的電，心裡再不爽，陸星延也沒辦法再做什麼。

趕在最近一站下車，他又上了對面一列反方向的往回趕。

地鐵擁擠，他一路盯著那點不斷往下掉的電量，一路想等等回家不能慣著沈星若，得給她也擺擺臉色振振夫綱。

就是這麼點幻想，支撐著他安安分分坐了四十分鐘地鐵，順利到達落星湖站。

命運對他唯一的眷顧大概是，在他刷完條碼出站之後，手機才自動關機。

出了地鐵，陸星延心裡涼颼颼的。

不過幾十分鐘，外頭已經暴雨如注。

晚上八點整，陸星延濕漉漉地到家了。

他黑著一張臉上樓，站在沈星若房門口喊，「沈星若、沈星若？沈星若妳給我出來！」

「你別喊了，星若打電話來說，她直接從帝都回匯澤了！」

周姨在樓下聽到他的聲音，往上喊了一聲。

陸星延一聽，直接上前轉開沈星若的房門。

靠！真的沒回來！

陸星延經過這一路的自我幻想和加油添醋，本來就已經氣到不行，這時更是感覺兩眼一閉就能原地昏過去了。

——當然，他沒有真的昏過去。

做人，不爭饅頭爭口氣，這口氣他不能就這麼咽了！

陸星延自顧自點點頭，一臉平靜地回到房間，把手機充上電，開機。

然後拿了衣服，去浴室洗澡。

等他洗完澡出來，只有已經去往南城的裴月傳了訊息給他，還有李乘帆幾個在群組裡慰問了幾句，見他沒回應，也不敢再多問。

很好。

非常好。

特別好。

陸星延越想越覺得自己要背過氣去了。

他打開和沈星若的對話欄，先點了點轉帳，確認自己沒被刪好友才一鼓作氣傳了五、六則語音給她：

「沈星若妳是不是太過分了？多大點事就把分手掛嘴邊上？」

「還道不同不相為謀，我和妳是今天才道不同嗎？妳說說妳是不是跟我這個道不同的人住了一年半還挺委屈挺忍氣吞聲的？」

「哦我知道了，妳是不是想說人在屋簷下不得不低頭是吧，妳既然這麼出淤泥而不染跟我這麼道不同幹嘛和我談戀愛？要我好玩是嗎？」

「沈星若妳說說妳自己有沒有心肝，我他媽為妳做了多少事，妳又對我笑了幾次給了幾個好臉色？」

「我成天在妳面前低三下四低聲下氣，把妳當女神捧妳臭腳把自己搞得和個臭屌絲似的，李乘帆、趙朗銘他們誰不知道我對妳半點脾氣都沒，妳他媽到底還想要我怎樣？」

「沈星若我跟妳說我這志願就不改了，我就不去星大，明天的巴黎我也不去了！」

陸星延憋了一肚子的火，這時一口氣全發出去了，瞬間暢快。

一分鐘，沈星若沒回訊息。

兩分鐘，沈星若還是沒回訊息。

陸星延卻忽然有點清醒了，想著話是不是說得有點重，沈星若是不是還沒聽到，不然……撤回好了？

他的手放在撤回按鍵上，就在這時，沈星若也傳了語音過來，一口氣也是工工整整的五、六則，聲音冷淡又嘲諷——

『你不說我還不知道，你對我是積怨已久對吧，我這個女朋友當得也是讓你很沒尊嚴很憋屈很不滿意了。』

『陸星延，你自己做錯了事，不反省自己到底錯在哪裡還反過來指責我，到底是誰給你的底氣？你到底是無知還是蠢，頂尖學校和一個一般公立大學能比嗎？你覺得你不改志願我特別氣是不是？我告訴你，我一點也不生氣。』

『你喜歡作踐自己就好好作踐自己，千萬別改志願，我祝你在鳥蛋大學玩得醉生夢死風生水起，再等畢業……哦，我看你畢業也難，反正就等作完了去繼承你爸爸的公司再把他的公司、他的心血作踐到倒閉。』

『我不管你怎麼作，只要別打著為了我的旗號，我承受不起陸少爺你偉大無私的愛。另外，我不需要你勉為其難捧臭腳，你也不是像個臭屌絲，陸星延你就是個戀愛腦臭屌絲。我正式通知你，我和你現在開始，分手！』

陸星延聽完她的語音，本來已經歇下去一點的火氣又蹭蹭蹭往上冒，燒得他眼冒金星眼前一片模糊！

他的手氣得都在發抖，這時什麼都不想了，只按住語音鍵，放狠話道：「好啊！沈星若我也忍你很久了，分就分，不分不是人！」

分手後的第一個小時，屋外風雨未歇。

陸星延頭髮一直沒吹，就坐在書桌前盯著手機，眼睛都盯出了紅血絲，一副戾氣很重的樣子。

他後悔了，後悔為什麼要用語音這麼不正式的方式跟沈星若分手。

打電話分手或者當面分手也就算了，最多也就在腦海裡反反覆覆回想，回想時的生氣不會那麼真實，也不會那麼活靈活現。

可用語音，他在這一個小時裡已經重溫了三十遍兩人的分手現場。

越聽內心越崩潰，越聽內心越爆炸。

導致他不再重播重播，沈星若的嘲諷都已深深扎入他的腦海。

『我祝你在鳥蛋大學玩得醉生夢死風生水起。』

『陸星延你就是個戀愛腦臭屌絲。』

『我正式通知你，我和你，現在開始，分手！』

陸星延煩躁得要命，將手機往床上一扔，雙手微低，搭在胯骨上，在房裡來來回回地走。

志願修改截止，還剩半個小時。

他一直在房裡徘徊，時不時看一眼時間，整個人糾結得像精神分裂重度患者。

——這談的是什麼戀愛，還沒談滿一個月就分了。

——不，他就不該和這白孔雀談戀愛，翻臉比翻書還快。

——最可笑的是他竟然還為了和她談戀愛不去星大去個鳥蛋大學，真是腦子被驢踢了。

——不對，反正已經分手，他就沒有理由去那鳥蛋大學了。

——對，改回來，現在立刻馬上改回來！

陸星延總算給自己找到了合理理由，還剩十分鐘的時候，他匆匆忙忙開了電腦。

歷史記錄裡有之前填報志願登陸過的網站，直接就可以點進去。

可是點進去後，他頓了頓。

……准考證號報名號是什麼？

他在桌上翻了翻，沒找著，實在是不知道東西被扔哪去了。

時間一分一秒過去，陸星延額頭上冒了點汗。

他站在書桌前，強迫自己冷靜下來，回想上次見到那小紙條是什麼時候，可任憑他怎麼想，死活就是想不起來。

到這緊要關頭，他終於明白了，志願如果不改回來，他和沈星若真的完了。

還剩最後五分鐘，陸星延連垃圾桶都掏了，還是沒找到。

他乾脆打電話給沈星若。

可沈星若的手機處在關機狀態。

他按了按太陽穴，心裡已經開始絕望地想：要不就這樣得了，或者去陸山那找一頓罵，死皮賴臉讓他找找關係幫忙改回來？

最後三分鐘，陸星延坐在床邊撐著腦袋，腦海中忽然靈光一閃！

班群之前好像傳過一次證件號碼的表格，當時他不在意，還覺得何思越可真是煩，一個大男人婆婆媽媽的，每次傳訊息都要標註所有人。

他從床上抄起手機翻了翻——還真的有！

陸星延看到希望的曙光，拿著手機竄到了電腦前。

因為心急，他輸了兩遍才輸對證件號，緊接著又輸入密碼——他和沈星若的生日。

畫面成功跳轉！

志願，改選……星城大學。

科系，改選……文學與傳播學院，漢語言文學。

最後一分鐘，他點擊提交——頁面彈出提示框，提交成功！

陸星延盯著電腦介面盯了幾秒，忽然莫名其妙笑了一下，然後往軟椅後面一靠。

靠到椅背上他才發現，就這麼一下子的功夫，他在開了二十三度冷氣的房間裡，背後都已經汗濕一大片。

改完志願，陸星延沒打算第一時間告訴沈星若。

畢竟沈星若的電話剛剛打了，打不通，再加上他這時氣也沒消。

而且他自己說的那句「不分不是人」可真是格外響亮言猶在耳。

他是不怎麼要臉，但這大晚上的再舔上去說好話也已經超出他不要臉的底線了。

他靜坐片刻，乾脆又洗了個澡。

洗完他手機都沒玩就悶進被子裡睡覺，打算明天直接去機場，和沈星若還有她爹會合。有她爹在場，她總不好給臉色看。

到了巴黎更是一切好說，在浪漫的香榭麗舍大街拉著小手晃一晃，再給她買幾個哭泣（Gucci）、普拉達（Prada）、LV，這氣也該消一半了。

陸星延的算盤打得劈哩啪啦響，卻絲毫沒有想過，自己的心態已經朝著改國籍的方向一路狂奔並且一去不復返了。

他們是下午的航班，但要提前不少時間到達機場，陸星延調了鬧鐘，醒得很早。

行李箱還是沈星若之前幫忙收拾好的，他檢查一遍證件，又換了一身拉風又騷包的行頭，直接出門。

在路上，他打電話給沈星若，關機。

他又打電話給沈光耀，竟然也是關機。

陸星延隱隱察覺到，事情有點不對。

他的手指在座椅邊的扶手上有一搭沒一搭敲著。

到了機場找一圈，沒見到人。

他拿護照去列印登機證，竟然沒有他的航班資訊！

此時已經十二點半，他再次撥打沈星若的電話，關機。

撥打沈光耀的電話，第一次是關機，第二次卻撥通了。

他開口便問：「沈叔，你們到了嗎？」

沈光耀聲音溫和，『剛到。』

陸星延鬆了口氣。

他這口氣還沒鬆到底，沈光耀又說：『這邊天還沒亮，國內已經中午了吧，你們吃午飯了嗎？』

陸星延傻了。

「沈……沈叔，你和沈星若是……到巴黎了？」

『嗯？你不知道嗎？』

沈光耀問完，好像明白了什麼，看了身邊面無表情的沈星若一眼。

沈星若神色未動，從沈光耀手中接過電話，聲音很淡，『我們已經到了巴黎，你不想來不用勉強自己過來，國際漫遊很貴，掛了。』

陸星延：「……」

他整個人還是傻愣的。

沈星若將手機還給沈光耀後，也沒什麼要和沈光耀解釋的意思，只跟著他一起往外走。

巴黎早上五點多的天空，將她的神色映襯得格外清冷疏落。

昨天沈星若進地鐵，轉了趟線路去高鐵站，打算直接回匯澤。

可沈光耀臨時來電話說，法國那邊有急事，需要他提前到達。

他想改簽當晚凌晨一點的航班先飛，讓她和陸星延按原定航班過來，他到時候再找人去機場接他們。

沈星若聽了，就毫不猶豫讓沈光耀幫她一起改簽，她可以直接去星城機場。

沈光耀問陸星延怎麼辦，她平靜地說，陸星延有事，不想去了。

其實沈星若原本是想等陸星延自己想清楚，把志願改回來，第二天他再按原計劃飛巴黎。

兩人相隔一天到達，氣該消了。

她也可以為她來之不易的初戀偶爾違背原則，將這一頁輕輕揭過。

可陸星延的反應實在讓她太過失望。

在機場等候的那幾個小時，他們用一種很不體面的方式吵了一架，並把分手拎上檯面。

沈光耀到星城機場和她匯合之後，她直接讓沈光耀把陸星延的機票取消。

沈星若是那種不管有多麼生氣，仍會保留最後一絲理智的人。

所以在志願填報截止的最後半個小時，她還用手機登錄了陸星延的填報畫面查看。

陸星延倒是難得一次鐵骨錚錚說一不二。

——他沒改。

失望透頂的同時，沈星若甚至特別想自己動手幫他改了。

可手指停在畫面上，怎麼也下不去。

這是陸星延的人生，她也許能強行幫他修正一次，但她不能幫他修正第二、第三次，甚至以後可能會有的無數次。

也是在那一瞬間，她很清晰地認知到，她很喜歡陸星延，但不能和這樣的陸星延一起走下去。

星城的雨後夜空，有著被水滌蕩過後的清澈明淨。

沈星若懷著極端的失落與失望，選擇關機，暫時遠離這座城市。

巴黎是浪漫之都，四大世界級城市之一。

沈星若很小的時候和宋青照來過一次，那時候不太記事，印象也已經不大深刻。

這幾天，沈光耀在忙畫展。

沈星若只有第一天去舉辦畫展的藝術館轉了一圈，餘下時間自由打發。

盧浮宮、埃菲爾鐵塔、雄獅凱旋門、香榭麗舍大道……

這座城市有無數聞名遐邇的景點，只不過一個人逛起來，好像缺了那麼點意思。

沈星若和陸星延這段戀愛還沒滿月就已夭折，按理來說感情並不深刻，可她出來散心幾天，情緒不壞，但也一點都不好。

她的手機沒開國際漫遊，換了個門號，只有出去散心時和沈光耀聯繫。

聊天軟體也暫時卸載，因為她一打開訊息，就控制不住地想重播和陸星延的分手過程。

這過程不理智，很傷人。

每重播一次都能讓她一整天鬱鬱不樂。

度過了與熟人圈隔絕的三天，沈星若感覺心緒平靜不少。

第四天，她將軟體下載回來了。

登錄的瞬間，有成百上千則的訊息湧入。

何思越、阮雯、石沁、李乘帆、趙朗銘、邊賀……她一路下滑，唯獨沒有陸星延。

何思越：『訊息妳看了嗎？』

何思越：『沈星若，妳怎麼不接電話？』

何思越：『妳知道是怎麼回事嗎？』

阮雯：『若若，陸星延那個事情，是假的吧？』

阮雯：『妳人呢？』

沈星若坐在酒店陽臺，不斷往下翻閱訊息。

這些訊息都很雷同，除了陸星延那幾個塑膠基友陰陽怪氣諷刺她薄情寡義考到狀元就翻臉不認人之外，其他全都在問同一件事——陸星延出的事情是真是假，陸星延現在怎麼樣，妳人呢？

她點開大家傳來的各種網址，顏色偏淡的唇慢慢繃成了一條直線。

《升學考潛規則：有錢有權即可暗箱操作？》

《學渣升學考變學霸，是一朝開竅還是有錢可使鬼推磨？》

《金盛集團董事長之子升學考暗箱操作事件，教育局已介入調查》

陸星延最初聽到有人說他升學考成績不實這荒謬的消息時，下意識覺得搞笑，看到李乘帆傳來的學校論壇文章，也沒當回事。

說真的，論壇這詞現在聽起來都挺有年代感的，明禮的論壇首頁更是三、四天都沒有新文章更新，說他仗著家裡有錢有權升學考暗箱操作的文章也不過十來個留言。

彼時他還窩火，心裡掙扎著到底是不要臉了自己買票追去巴黎，還是先就這麼和沈星若冷戰一段時間，根本就沒空理這些紅眼病雞零狗碎的造謠。

可沒想到，當晚王有福就聯繫他，和他說起這事。

——竟然還真的有傻子，實名檢舉他升學考暗箱操作。

與此同時登上社會版頭條的新聞是：《金盛地產旗下金盛國際商場，再爆跳樓事件！》

之前金盛斥鉅資在星城新建的金盛國際商場，開業典禮當天就被人砸了場子。

某十六歲高中生因作弊被抓不敢去學校上課，一時想不開，從商場中庭一躍而下，當場死亡，甚至有無辜路人被其砸傷。

當時這件事關注度很高，而且因為請了當紅小鮮肉參加開幕儀式，小鮮肉的親媽粉、女友粉覺得自家寶寶被嚇壞了，各種Diss金盛的護欄驗收不合格，安全措施不到位，把這件事吵上了熱門第一。

幸而金盛聘請的公關團隊水準在線，在事發第一時間便做出妥善應對。

雖然開業之後很長一段時間商場人流都是寥寥，但並未損傷商場根本。

時至如今，金盛國際商場已是星城高端商場的領頭羊。

可沒想到——竟然又有人在商場跳樓了！

而且這次跳樓的，還是金盛的前員工。

這件事其實已經發生好幾天了，那人自己跳樓找死，別人攔不住，再加上這年頭跳個樓算不上什麼稀奇事，所以除了小範圍地播了幾則星城本地新聞，事情並未往外擴散。

也不知怎麼的，金盛內部都沒當正事處理的小事故，突然間就被連發數則通稿，買上了社會版頭條。

緊隨其後悄然熱門的新聞是：《富二代升學考暗箱操作，紈絝一秒變學霸，原為金盛集團董事長之子！》

原本金盛公關部還覺得，這一波頭條來得莫名又蹊蹺，稍微打聽一下便知道，這新聞稿頭條背後有他們金盛多年死對頭上居地產的手筆。

可只是跳個樓而已，幫忙發那麼多通稿買那麼多頭條，也不會對金盛產生什麼影響。

等結合後一則熱門新聞來看，他們才後知後覺發現，前者不過是上居拿出的一道開胃小菜，全是為後者做個鋪墊。

金盛集團董事長之子、升學考暗箱操作。

所有字眼全都命中大眾關注點的紅心。

在登上熱門之後，這則新聞以令人措手不及的速度迅速向四面八方擴散。

短短幾個小時，各大網站相繼分享，論壇、社交軟體全都爆發出高頻率的新聞討論！

這是這次事件的第一個高潮。

因為事情傳播雖快，但消失更快。

當天深夜，相關新聞都離奇地不見蹤跡了，次日清早，再有人想討論，會發現自己的文章剛發出去就無緣無故直接進了回收箱。

八卦群眾一下了然，這是金盛下場了。

事實上，刪文這手筆和金盛沒什麼關係，全是陸星延他爺爺幹的。

陸星延的爺爺陸雁之退休有段時日了，這幾年頤養天年，樂得自在。陸雁之和陸山這個兒子向來不合，身子骨硬朗時，兩人恨不得老死不相往來，後來年紀大了，關係才慢慢和緩。

平日陸雁之從不摻和陸山那些個事，就算金盛破產了，他的眉頭都不會皺一下。但這次他們大亂鬥竟然把他寶貝孫子攪和進去了，他澈底坐不住了。

老人家也不懂現在年代不同，一貫堵塞只會招至更大的反彈，氣得狠了，連招呼都沒跟陸山打，就找人刪文章刪新聞，也不管花多少錢。

刪是刪了，陸山卻也氣得住院了。他在醫院和陸雁之打電話，兩人又毫不意外地大吵了一百八十個回合。最後以陸雁之『我要不是看在你這條命留下來還能給我孫子賺錢花，你以為我願意管你，我告訴你，你要是作死了我孫子，我就作死你』的明放狠話，暗則退讓為結束。

刪文倏然停止，輿論是可預料的甚囂塵上——

A：『金盛可真是厲害了，還敢刪新聞，這是刪不動了打算另想退路吧。』

B：『有錢人就是會玩。』

C：『我以前以為升學考是人生中唯一一次公平的考試，真是 too simple，原來它也不是。』

D：『眼睛都熬瞎了才考上的學校別人天天玩到飛起也能去念，魔幻現實，什麼新聞我都不驚訝了。』

E：『我就坐等金盛孽力回饋，等以後這種社會垃圾接手遲早得把公司玩完。』

F：『樓上你太年輕了，你聽過一個職業叫做職業經理人嗎？而且人家吃利息都比你一輩子賺得多。』

G：『樓上發言太過真實引起不適，檢舉了。』

諸如此類的討論沒有著眼在事件本身而是到處發散，對陸星延來說已經算是仁慈。

但更多的還是直接罵他、罵金盛。

現實生活中活得壓抑卑微的人，往往在網路上倒能靠一把鍵盤罵遍天下無敵手。

反正什麼難聽的話都有。

這幾天金盛股價也在斷崖式下跌，尤其在事情鬧大，教育局發聲明宣布介入之後，更是一路崩盤。

因為沒什麼人相信事情會有反轉，沒有人相信分數真的是陸星延自己考出來的，星大的自招也是他憑本事過的。

絕大多數人對此事都持不看好的態度，只等教育局調查結果出來，給出令眾人信服的懲罰。

其實不過短短三、四天，本不值一提的造謠就忽然擴散成全國民眾圍觀的升學考事故，這是陸星延順風順水的十幾年裡第一次感受到什麼叫做百口莫辯。

他覺得格外可笑，如果陸山真的有心要給他鋪一條金光閃閃的大道，還用得著等升學考？

他一開始都不肯相信，只不過憑空造謠，拿他升學考成績和以前成績對比，憑什麼就輕易讓所有人信服了？

到後來罵聲一片，他又開始自我懷疑。

也不知道是因為有錢就是原罪，還是因為他這個人真的就那麼糟糕，糟糕到都沒有人願意相信，他也曾付出過很多的努力。

這幾天陸山因為陸雁之被氣到住院，都是在醫院裡開視訊會議。

陸星延也不能出門，活動範圍只在醫院和落星湖，兩點一線。

非常時間，陸山不允許任何人和他接近，還撥來一隊保鏢寸步不離地守著他。

裴月更是不准許他看手機，怕他看了網路上的言論受到精神折磨。

但他有好幾個備用機，收了一個還有第二個。

網路上罵他的、罵陸山的，他看了一籮筐。

從一開始的不以為然，到氣憤難當，再到逐漸平靜，不過三、四天時間。

到後面他也懶得看了，大多時間就縮在自己房間裡，把遮光窗簾拉得緊緊的，然後手機關機，昏昏沉沉入睡。

他覺得沈星若說的一點都沒錯，他就是個一無是處不學無術只會任性揮霍的少爺，活著就只會製造麻煩生產垃圾占用資源，關鍵時候半點忙都幫不上。

而且他還不能說話，因為他根本就不會說話，可能隨便一句回應又會掀起無數波瀾，陸山、陸雁之又要在他屁股後面幫忙收拾爛攤子。

這幾天去醫院看陸山，他發現他們父子倆其實一點都不像。

陸山事業心強，能力還很突出，當年金盛的興起，他沒有依仗陸雁之半分，如今他在商場上依舊是雷厲風行說一不二，吊著點滴也能和董事會叫板，吼得一個個服服貼貼。

可他就只配做一個待在父母身後安心等待事情風平浪靜的木偶，不惹事生非就是他能力範圍內所能給予的最大幫助。

就連和他同窗三年的同學也在網路上匿名說他在學校裡的作派有多麼令人作嘔，在明禮三年最看不慣的就是以他為首的這幫富二代公子哥，覺得他能幹出操作升學考分數的事一點也不稀奇。

他真的是個很糟糕的人吧。

每每想到這些，他就覺得自己和沈星若真的很不般配。

也難怪沈星若要和他分手。

巴黎淩晨兩點，國內正是上午。

沈星若邊打電話給陸星延邊收拾行李。

可陸星延的手機一直處於關機狀態，裴月的電話也一應由陸山的祕書回應。

沈星若一晚沒睡，她訂了上午十點的航班回國，五點多就拖著行李箱獨自搭車去戴高樂機場。

也就是在去機場的途中，裴月終於回了電話給她。

裴月當然不會和她講事情有多麼糟糕，只是安撫她，讓她好好享受假期，在歐洲玩得開心，他們這邊一切都好，一切都會過去的。

沈星若也不糾纏，和裴月結束通話，就一直在和學校聯繫、和班上同學聯繫。

這期間，她時不時還會打電話給陸星延，但陸星延的手機始終都打不通。

最後，她留了一則訊息給陸星延。

事情已經是發酵到第五天了。

網路罵聲已經歇了不少，大家都罵累了，只攢著力氣等教育局的調查結果出來。

陸星延坐在暗沉沉的房間裡，也終於開了手機。

密密麻麻的紅色訊息提示。

他往下翻，忽然翻到沈星若帳號上冒出來的那個紅點。

沈星若：『聽裴姨說你整天都待在房間不出來，你還挺青春疼痛，陸星延，你平時不是挺能的嗎？』

陸星延稍頓，盯著這則訊息看了很久，可最終還是沒有回覆。

今天陸山也出院了，他洗了個澡，稍微收拾一下，和裴月去醫院接了陸山回家。

陸山看上去狀態還好，在路上接到電話，說是教育局的調查已經出來了，下午消息就會公布。

回家稍事休息，很快有人上門。

陸星延聽到動靜從樓梯上下來，只見穿白色襯衫搭酒紅窄裙的女人進門，身後拎公事包的工作人員魚貫而入。

為首的那女人看起來有些眼熟，長髮被束成低低一束，長相清麗氣質卻不失幹練，那女人走至陸山面前，稍稍點頭，又伸手道：「陸董您好，嘉柏公關，很榮幸有機會再為金盛集團提供公關服務。」

第三十一章　未來

這女人的聲音和沈星若一樣，偏清冷，但聽在耳朵裡，又覺得溫柔舒服，不像沈星若，冷冰得澈底。

下樓走近，陸星延總算認出來了。

這位帶著一群人過來的公關總監是他表哥的女朋友，兩人感情很好，似乎已到談婚論嫁階段，四捨五入也算是他未來的表嫂。

大概是什麼晚宴之類場合見過幾次面，陸星延對她有印象，只不過之前碰面她還喊陸山一聲舅舅，這次工作起來喊人都喊陸董。

陸星延挑了個邊角地方落座。

女人朝他禮節性地彎了彎唇，手上還不忘將筆電換一個方位朝陸山展示。

陸星延平素對陸山的工作半點興趣都沒，這次坐下，他神態懶散，實際卻聽得認真，連公關團隊之間的內部交流都沒落下。

可大概是公關職業病，他們團隊交流時，總愛中文裡夾生，帶幾個完全聽不懂的英文詞彙。

陸星延耐著性子聽了半天，面上一副我什麼都懂的樣子，心裡卻在ＯＳ：都他媽什麼中不中洋不洋的，能不能好好講話？

煩躁之餘，他還會不自覺想，如果沈星若在，不知道能不能聽懂。

她肯定能聽懂吧。

她有什麼不懂的，畢竟不管什麼時候，她都沒低下過那高貴的孔雀頭顱。

「……陸星延、陸星延你在想什麼？有沒有聽到我說話！」

陸山喊了好幾遍，陸星延都沒反應，他的聲音下意識揚高再揚高。

陸星延好半天才被吼回神，跟著抬頭，覷了陸山一眼。

陸山從醫院出來，這時已然無恙，陸星延看著，都能想像他老了以後笑笑呵呵，可一說起正事就會拄根拐杖往地上敲，誰不聽他說話就用拐杖抽誰的中氣十足模樣。

這樣一想，他爸和他爺爺也不算毫無相似之處。

「怎麼了？」陸星延揉頭髮。

見他這懶散模樣，陸山恨鐵不成鋼，實在忍不住，當著別人面就開始教訓，「要下來的是你，坐這和尊菩薩似的也是你，你是下來聽戲的還是怎麼樣？」

「……」陸星延屈著食指刮鼻尖，又稍稍往前坐起來一點。

未來表嫂笑了笑，適時出聲，打破尷尬。

「小延，是這樣，這次升學考成績的事情和金盛的事情密不可分，我們打算放在一起處理。」

「下午三點左右，教育局那邊會出詳細的調查報告，我們這邊會第一時間跟進消息的發表，也會做好輿論風向控制的準備。」

輿論風向控制？翻譯一下就是水軍吧。

可真會說話。

未來表嫂繼續道：「現在我們這邊還有一個預案是，希望能夠在教育局的消息公布後，在下一階段借用你的作文呼應調查結果，因為需要公開你的考試作文，所以想徵求一下你的意見。」

「……」陸星延坐沙發上按著指骨，腦袋空白了幾秒，「我哪還記得我寫了什麼，我還要重寫一遍？」

「當然不用，我們這邊有你的作文，當然，也是看到你的作文過後，我們才有了這個預案。」

陸星延納悶，「不是，你們從哪看到的？」

表嫂只是溫婉地笑著，並不接他的話。

陸星延和她對視了一下子，很快就自己想明白了。

也是，教育局都介入調查了，他的試卷自然被人看了一遍又一遍。

他們做公關的，這點東西都搞不到還做什麼做，趁早捲舖蓋回家才好。

陸星延剛剛走了一下神，加上流程本來就聽得半懂不懂，也不好在這關亂矯情，於是隨意地點了點頭，「我都可以，隨便。」

「好的。」有了小少爺一句同意，女人稍稍鬆了口氣。

金盛國際商場剛開業時，她還只是嘉柏一個小小的客戶代表，開業典禮跳樓事故是他們團隊全程處理，那時候她雖然沒什麼權利，但只需要談公事，用不著談情面。

可現在不同了，陸山是自家男友的舅舅，陸星延這小少爺是自家男友的寶貝表弟，不能只顧事情辦得漂亮，還需要照顧當事人情緒。

和陸山確認完各項流程，她闔上電腦，也不再耽擱，打算帶人離開。

不過事情談完了，也就不必一副工作態度相待，離開的時候，她明顯放鬆不少，對陸山、裴月的稱呼也變成了舅舅、舅媽，還讓他們放心，她一定會盡全力將事情處理妥善。

她向來說了就會盡全力將事情處理妥善，意思就是這事肯定能解決得漂漂亮亮。

裴月懸了好些日子的心稍稍得到些安慰，起身送人時，還不忘關心她和自己外甥的婚禮進度。

提到婚禮，女人倒顯得有點不好意思了，略說了幾句，又不動聲色地岔開話題問：「對了舅媽，若若呢？聽說她考了今年星南省的文組狀元，也太厲害了。」

「對呀，妳還不知道，若若一向都這麼優秀的。她爸爸最近在巴黎辦畫展，她也跟過去了，升學考完總是要放鬆放鬆。」

女人點點頭，又繼續誇。

自家男友和陸山這一家人十分親近，兩人關係推進到談婚論嫁這一階段後，也就不可避免地要與他家人相處。

她一開始覺得，陸家的門第，她是真的相處不來，只能牢牢記住男朋友說的——他舅媽特別喜歡家裡的小童養媳，所以每每和裴月見面，她就變著法子地誇沈星若。

這話說的還真不假，她每次誇沈星若，裴月就顯得特別高興，比她憋出點話誇陸星延的時候要高興多了。

雖然現在她已經能和裴月、陸山自然相處，但見到裴月，她還是次次不忘要誇沈星若。

千穿萬穿馬屁不穿，這次也不例外，她一提到沈星若考了狀元，裴月整個人都鮮活起來了，邊送她出門，還邊說著沈星若有多麼多麼優秀有多麼多麼貼心，在巴黎擔心他們，三更半夜不睡覺，一直打電話給她。

陸星延坐在沙發上聽見兩人說話，閉了閉眼，又掏了掏耳朵。

他真該去某論壇問個問題：前女友太優秀了怎麼辦？

或者是：前女友存在感太強了怎麼辦？

下午三點零五分，教育局公告了長文，公開升學考暗箱操作分數不實的調查結果。

這次事件鬧得特別大，只是冷冰冰一句「不屬實」顯然難以服眾，所以調查結果特別詳細。從升學考考場情況的報告，到陸星延的各科試卷答題內容，再到試卷收上去後所有批改經手的人員，全都清晰在案。

總之，在陸星延參加升學考，到升學考結束成績出來的這一過程，經由反復審查，是絕對不存在任何問題的。

這辨無可辨的調查結果一出，在八卦群眾看來實在是太過反轉。

之前那些新聞裡，陸星延被塑造成了一個實打實的不學無術富二代。

他高一時的同學還把某次月考的成績單放到了網路上。

那叫一個慘不忍睹，九科加起來都沒考到四百。

再加上明禮流傳的那些花錢買初夜之類的謠言也通通被人有意或無意地傳開，他的紈絝形象早已深入人心。

現在調查出來，全文都在力證升學考不存在暗箱操作，他是真的憑本事考到五六二，八卦群眾一時間實在接受不了。

接受不了就對了，不然怎麼叫反轉。

可有些接受不了的胡思亂想者還發言說：『人家背景那麼深，升學考前就知道試卷內容還把試卷答案背下來了也說不定。』

但這個世界上還是有正常人的，很快便有人辯駁——

A：『Hello？姐妹你清醒一點好嗎，你要知道你現在造的謠已經不是這小弟弟的個人問題，也不是金盛的背景問題和教育局的問題，而是全國升學考洩題的問題，星南除了社會、國語、數學外三個主科都是全國統一試卷。』

B：『沒有Diss星大的意思，我就是覺得都能讓全國卷為他洩題了，還上什麼星大？』

這個假設的確站不住腳，也沒多少網友附和。

而且教育局發聲後，星城大學也緊跟腳步，官方聲明力證他們學校的自招計畫完全合乎規範，一應流程也公開公正公平。

自招的筆面雙試也都是全程處在監控之下的，他們的相關監控記錄也全都提交給了教育局，經得起檢驗。

與此同時，嘉柏那邊也展現出了專業公關團隊的高品質高效率，之前被人刻意無視的班導師採訪影片，被他們從龐大而又冗雜的資訊流中拖拽出來，放到了大眾面前。

『記者，你這問題我回答不了，年紀輕輕你怎麼就有這麼大攻擊性呢。我教公民的，還會被你帶進去？你想套我的話那你還是回去多上幾年學吧。』

『反正我就是一句，這件事情絕對不可能！我是他班導師還是你們是他班導師，從高二下學期以來，他的進步這都是看得見的，我給你們看你們偏不看！』

『我沒什麼好說的了，我說了你都不聽，你們這種只求爆點新聞不實事求是的行為，那是違背社會道德的，採訪不是你們這樣採的！』

這一段王有福的採訪影片來源於星城本地的某個小地方頻道，總共不足一分鐘。

王有福在採訪裡吹鬍子瞪眼，捧著他的紅色保溫杯，一副分分鐘要和記者幹架的架勢，後面還是年級組長趕來中斷了採訪，特別官方地敷衍了幾句。

事實上這些天，不是完全沒有人站在陸星延這一邊。

一班不少同學都活躍在各大論壇，說他在這一年多的時間裡的確進步神速，甚至還有人上傳了一、二、三次模擬考的成績單。

只是他們人少，力量太過薄弱，發了聲不是看不見，就是看見了當沒看見。

直到調查結果出來，加上輿論的引導擴散，這些言論和證據才出現在大眾的視野裡，被拿來討論。

教育局和星大的回應在網路熱搜掛了大半天，到晚上，網路上又悄然流傳出陸星延的升學考國文作文。

這篇語文作文拿到了五十二的高分，是篇記敘文。

字裡行間可以看得出來，筆者文采並不出眾……嗯，雖文采不出眾，但情感很到位。

他以自己父親打拚多年的起起伏伏為主線來寫「浮與沉」這個命題，又從父親對他不善表達但他能夠感受到的父愛，和對父親難以宣之於口卻盡顯於字裡行間的崇拜之情這兩方面，進行了一個情感的傳遞和交互。

整體看起來還是比較樸素真摯的，立意也不錯，拿個五十二分並不為過。

不過網友們的關注點有點歪。

A：『看完作文我發現，人家爸爸那個的確叫打拚，我現在開的工作室只能叫混飯吃。』

B：『一樓＋1，人家那叫商海浮沉，我們這大概只能叫浴缸浮沉。』

有了這篇作文，八卦群眾的態度轉變顯然大了很多，這看起來實在不像不學無術的富二代能寫出來的啊，感覺之前對這人的看法不太對呢！

陸山之前只聽說陸星延的這篇作文寫得不錯，這種能夠切實反應他成績水準的證據拿出來，比較能夠服眾。

但他根本不知道，陸星延這臭小子的作文寫的竟然是他。

還是被一群下屬莫名其妙溜鬚拍馬了成百上千則訊息，他才後知後覺看到網路上流傳的作文內容。

陸星延在作文裡提到了一件特別小的事情。

說他念小學的時候，有一次學校裡要戶口名簿影本，要得特別急。

他本來就對爸爸好長時間沒著家感到生氣，這時戶口名簿又被爸爸拿著帶到了外地，就語氣特別差地打電話給他爸爸，讓他立刻馬上把戶口名簿送回來，不然以後就不要回來了。

結果他爸爸凌晨四點趕回家送戶口名簿，還帶了他喜歡吃的小蛋糕，大概是累到不行了，就坐在床邊趴伏了一宿。

其實只是掃描和傳真就可以做到的事情，卻硬生生讓他爸在建案關鍵期連夜跑回來，他感到非常愧疚。

晚上陸山在臥室反反覆覆看這篇作文，還拿來和裴月炫耀。

「妳看看這作文，寫得多好，感情多真摯，陸星延這臭小子也不是白養的嘛，還記得我這當爹的對他的好！」

裴月看在他剛從醫院出來的分上，忍著忍著沒說話。

可陸山忍不住，繼續得意道：「妳瞧瞧妳這當媽的，我知道妳喜歡小姑娘，尤其星若來了之後。但妳也得稍微照顧一下我們兒子的心情不是嗎？開口閉口就是若若，難怪陸星延作文不寫妳。」

「當然了，這也是因為我寫起來體面，有東西可寫。妳自己反思一下，結婚這麼多年妳整天只會買買買，不然就是做美容、做指甲、打麻將，更新社交帳號都比妳關心兒子勤快，要寫也要有個落筆的地方是吧，妳瞧瞧妳都做了些什麼？所以妳也別嫉妒。」

忍無可忍，無需再忍。

裴月強作心平氣和地聽他說完，又假笑三秒，然後忽然爆發，抄起枕頭就往他身上砸！

「陸山你現在翅膀硬了我管不動你了啊瞧把你給得意的這幾天上社會版頭條你們也不嫌丟人！給我起來！睡什麼睡！出去！出去！」

她三兩下把陸山趕下二樓，一肚子火還沒發洩完，拎著枕頭就往三樓衝。

陸星延還盯著沈星若的訊息出神，裴月忽然殺氣騰騰衝進來，他眉心一跳，還未來得及反應就被裴月揪住耳朵往床下拖。

「媽妳幹什麼啊！鬆開鬆開！痛！」

「你還知道痛啊！我這當媽的就不痛是吧！你爸送個戶口名簿就把你感動得一把鼻涕一把淚還要寫個作文紀念一下，我這麼多年犧牲自己的青春為你們操持這麼大個家我就沒有付出我就不值得歌頌是吧！養了你這白眼狼有什麼用！行啊你感動你紀念你現在就給我下樓去跟你那個偉大的商海浮沉的爸一起睡沙發！」

沈星若一早趕到陸家，看到的就是陸星延抱著小毯子蜷縮在沙發上酣睡的畫面。

他身高高，在沙發上睡覺要屈著腿，遠遠看，像是個委屈兮兮的小可憐。

其實陸山也是這樣睡了一宿，但陸山不是第一次惹毛裴月，睡沙發早就睡出了不少經驗。

他今天五、六點就起了床，還在外頭跑了跑步，去公司的時候精神抖擻。

陸星延睡夢中皺了皺眉。

沈星若將帶來的東西輕輕放在桌上，回頭見周姨還在廚房忙碌，她又慢慢朝陸星延走近。

陸星延的睡相不怎麼好，被子掉了一大半在地上，T恤衫也往上翻開了半截，有一小塊腹肌暴露在外。

不過他也是真能睡，在半邊身體都懸了空的惡劣條件下，他還能抱住枕頭睡得不省人事毫無清醒跡象。

沈星若盯著他看了幾秒，稍稍彎腰，想幫他蓋好被子。

可就在這時，裴月聽見動靜下來了。

她邊下樓梯邊喊：「哎呀，若若回來啦！」

「我昨晚被他們父子氣到心臟疼，淩晨三點多睡的，剛剛醒來才發現妳還打了電話！」

裴月喜慶地從樓梯上飛奔而下，抱住沈星若前前後後仔細打量，嘴裡還不忘碎碎念，「哎呀，我怎麼看妳去巴黎幾天，都瘦了一大圈呢！」

「那邊伙食不好是不是，我就知道，他們法國人那玩意哪吃得飽，屁大點東西要拖拖拉拉吃個半天！妳爸肯定也是個不會安排的，下次要去就跟我一起去，我去過好多次！」

裴月話音剛落，周姨又從廚房出來，送上溫好的熱牛奶，「若若，來，先暖暖胃。」

沈星若唇邊掛著淡淡笑容，裴月的話她應了，周姨的牛奶她也喝了。

——即便這四十度高溫的大夏天，完全沒有暖胃的必要。

大概是裴月噓寒問暖的動靜實在太大，陸星延被吵醒。

他睡眼惺忪，人還沒看清，就先打了個呵欠。

等眼前朦朧輪廓勾勒出一個熟悉的沈星若，他第一個反應是以為自己沒醒，在做夢，還夢得不輕。

可下一秒，沈星若就轉頭望向他，唇邊笑意還未來得及收。

陸星延見她笑，打了一半的第二個呵欠被嚇了回去。

緊接著他又被這強行收回的呵欠嗆到了，不停地咳嗽，還越咳越厲害和肺癆似的，最後直接咳到從沙發上摔下來了。

「噗通」一聲，摔得結結實實。

裴月、周姨還有沈星若都直直望著他。三人都很安靜，就看他在地上掙扎撲騰。

裴月和周姨、沈星若不一樣，她的安靜是那種……帶著絕望的安靜。

因為她實在想不通，自己上輩子到底做了什麼孽這輩子要生出這種宛若智障的不孝子。

見陸星延老半天起不來，她忍不住出聲，「陸星延你是豬嗎，還不快點給我起來！」

陸星延當然也想起來，可他這一摔，不知怎麼撞到了骨頭，鈍鈍生疼，完全使不上力氣。

沈星若看出他的不適，打算上前扶他一把。

周姨的動作卻快一步。

沈星若稍頓，邁出的腳又收了回去。

陸星延起來後，打算在沙發坐著歇一下。

可裴月還記得作文的事，看他哪裡都不順眼，馬上又訓斥道：「你是七老八十了還是怎麼了，起來了還不回去洗漱！你瞧瞧你這鬼樣子，以後怎麼找得到女朋友！」

陸星延：「……」

沈星若：「……」

兩人不約而同朝對方看了一眼，然後又不約而同錯開，裝作無事發生。

陸星延很快被趕回樓上洗漱了，沈星若則留在樓下和裴月聊天。

陸星延動作很快，三兩下洗漱完，換了件T恤就往樓下走。

他剛下樓的時候，客廳還是一片歡聲笑語。

沈星若好像帶了什麼禮物給他媽，聽他媽那愉悅的笑聲，就知道已經被哄得服服貼貼。

可等他走到二樓轉角，客廳忽然又安靜了不少。

他聽到沈星若說：「裴姨，其實我這次來，主要是為了當面感謝妳和陸叔叔對我這一年半的照顧，爸爸還在巴黎沒有回國，他說等回來了還會再過來一次。」

「行了行了，不要說這些虛的，什麼感謝不感謝，真要說感謝，那也是裴姨感謝妳才對，多虧了妳，陸星延的升學才讓陸家祖墳冒一回青煙呢！」

裴月到底是大人，一下就聽出了沈星若話裡告別的意思，很快又接著問：「對了，暑假還有一個多月，妳有沒有什麼安排？」

沈星若：「我打算參加P大安排的一個去美國交流的夏令營活動，七月底到八月中旬，大概半個月，等回國差不多就開學了。」

她頓了頓，又說：「裴姨，真的很感謝妳和陸叔叔這一年半對我的照顧，我在星城過得很開心。」

裴月笑，「開心就好，裴姨可捨不得妳了，妳以後放假有時間多到星城來玩，房間會一直留著！」

陸星延聽完，又轉身往樓上走。

其實明明知道升學考結束了，分數出來了，志願也報完了，沈星若實在沒有理由再留在他家，但他總覺得，沈星若是因為和他分手才走這麼匆忙。

匆忙得好像多留一秒就會懷孕似的。

陸星延回到房間，躺在床上望天花板。

忽然，他聽到沈星若敲門。

對，是沈星若敲門。

敲門聲太耳熟了。

下意識的，他一個鯉魚打挺就從床上坐了起來。

門外站著的果然是沈星若。

兩人在開門那一剎那，四目相接。

明明前不久還是熱戀情侶，可幾日功夫，兩人之間就好像多出了什麼看不見的屏障，距離被拉得不遠不近。

但這也算不上稀奇，畢竟他們也沒熱戀幾天。

想到這，陸星延的心情不是很好，「有事嗎？妳要是想問我還好不好，那所見即所得，我挺好的。」

他拉開半扇門，雙手插在口袋裡，聲音平淡。

沈星若稍頓，「我是來告訴你，我要走了。」

這話他剛剛在樓梯間聽過，再聽一次，心裡也只是更不舒坦。

他敷衍地「嗯」了一聲，漫不經心地說：「其實妳沒必要告訴我，反正我們已經分手了。」

沈星若：「……」

看了陸星延三秒，她毫不猶豫，轉身就走。

陸星延：「……」

不是，走這麼快是什麼意思，劇本是不是有什麼問題？

陸星延半晌沒回神，忽然又捂住自己的額頭拍了拍。

他是不是有毛病？

明明心裡不是這樣想的，可見到她就忍不住想刺上一刺，關鍵是刺完他自己還更不舒坦了。

沈星若心裡也很不舒服，蹲在自己房間裡，收拾行李都下意識地多用了幾分力。

其實她前天就趕回星城了，只是她不想在最亂的時候，還跑到陸家去給他們添亂，而且她也希望用自己的方式幫陸星延做點什麼。

所以這兩天，她乾脆就住在學校旁邊的酒店，不分白天黑夜地忙。

可陸星延倒真是士別三日當刮目相待，果然是分手了，說話底氣足得不得了。

說不定他覺得戀愛談起來束手束腳，早就想分手，本來也沒有任何想要複合的意思吧。

想到這，沈星若連午飯都不想再留下吃。

好巧不巧，方景然挑了好時候，和傻鳥似的，撲騰撲騰往她槍口上撞，『姐，妳到了嗎？我已經到明禮了。」

沈星若接到他的電話，聲音冰冰冷冷沒有任何起伏，「到什麼到，十幾歲了你還學不會獨立行走需要人攙扶嗎？還是以為我陪你進去就能走後門？」

「我告訴你方景然，你不用給我想邪門歪道，這書能念就念不能念你就別念了。」

「不過就是見個老師而已還要人陪，你這就是典型的高分低能，照我看教育局就應該第一時間把你們這種人剔除在外，省得拉低高等教育的水準。」

方景然：「……」

等等，不是……

他前不久考試完，因為競賽成績突出，有好幾所名校都向他拋出了橄欖枝，其中就包括星城的明禮中學。

他一開始都沒多想，只打算在匯澤一中念，可他覺得沈星若在明禮念得很好，那明禮教學品質應該不錯，於是鼓起勇氣打電話給沈星若問了一下。

沒想到沈星若破天荒沒有直接掛他電話，給了他一些建議，而且還說他去明禮見老師的時候她可以陪他一起過去。

兩人約得好好的，可現在是？

他站在明禮校門口，一臉茫然。

虧他還覺得沈星若對他態度有所鬆動，是個外冷內熱的好姐姐。

真的是想太多了，惡毒繼姐人設在沈星若這怕是永遠都不會倒。

沈星若訓完方景然並沒有覺得已經出氣，三兩下收拾好行李，還是打算早早離開。

可裴月留她吃午飯的態度很是堅決，她怎麼推辭都推辭不過，最後只好留了下來。

今天中午開飯有點晚，陸星延下樓的時候，周姨還在廚房炒菜。

他不想聽裴月和沈星若旁若無人地聊天，坐到沙發上，順手打開了電視。

不料電視一打開，他爸陸山竟然出現了！

陸山今天上午到公司後，接受了星城電視臺午間新聞的一個專訪。

這時電視裡播的畫面都是新鮮熱騰騰剛剪輯出來的。

事實上，有嘉柏這專業公關團隊的處理，陸山並未打算親自出面，回應此次升學考暗箱操作事件和金盛商場跳樓事件。

可昨天看了陸星延的作文，他心生感慨，也有不少話想說上一說，於是臨時做了一個接受採訪的安排。

電視裡正播到他正面回應暗箱操作的部分。

『……這個事情呢，調查結果也出來了，其實沒什麼好說的，沒做過就是沒做過，說實話，當然這話可能不太好聽，我如果真的想給我兒子一份特別金光閃閃的簡歷，我根本不用把心思動到升學考上。』

『我年輕的時候跟我父親關係特別差，我那時參加升學考，因為發高燒缺考了一科，成績出來特別差，然後我就跟我父親大吵了一架。』

『那一架吵得有多凶呢，吵到我直接離家出走了兩年，我還跟我爸放狠話說我就是不愛讀書，我不讀了。我爸也是脾氣暴躁，你不讀了那感情好，趕緊滾，別在家浪費柴米油鹽，我就那麼滾了。』

『我離家出走的第一年，在外面過得很苦，其實那個時候高中畢業那也算是文化人了，但你在外面就會發現，還是讀書好，讀書輕鬆，起碼我當時想的是，讀完大學出來，找工作還是容易的，至少餓不死。』

『於是我第二年就在外頭苦讀，繼續參加升學考，結果成績出來又考得特別差，甚至比我第一次考試還差，我當時就覺得，不應該啊，這很不應該！』

『我越想越覺得不對，當時就想查那個成績，不會是分數統計出了什麼差錯吧，一直查到九月份開學時才發現，其實我是考上了大學的，而且陸山這個人還去學校報了到，可我拿到手的成績和實際那個成績完全對不上，我這個人也沒去報到。那到底是怎麼回事呢，其實也很簡單，我被人頂替了。』

陸星延都聽傻了，他看向裴月，問：「爸還有這麼曲折的經歷呢，是不是真的？」

「多少年前的陳芝麻爛穀子了，就你爸那死德行，還要在電視上說。」裴月不以為然。

電視裡陸山還在繼續回顧往昔——

『以前不像現在網路這麼發達，以前家裡有點錢的，操作一下，頂個別人的名額去上大學，這種事很常見，現在不也是經常爆出這種新聞嗎，爆出來的其實都只是一小部分，更多的是還是竊取別人的人生，一輩子都沒被發現。』

『我那時候還算幸運，因為我家裡條件還可以，當時離家出走，別人不知道我家是幹什麼的，那頂替得叫一個心安理得。我找過去理論人家也不理你，後來因為這事我回家求我爸，我爸幫我，屬於我的成績才被拿回來。』

『所以前陣子網路上造的這個謠，說我幫我兒子暗箱操作升學考分數，完全是無稽之談。我當然希望給我兒子最好的教育，從小學一路到高中，不影響他人的情況下，我都是在給他提供一個好的讀書條件，但讀不讀是你自己的事情，你不愛讀書，那送進哈佛也畢不了業。』

『且不說我只是一個搞房地產的，要有多大本事讓升學考為我兒子開後門，就算我有這個本事，我曾經真切地感受過這樣的不公，那我也絕不可能作為加害者，讓別人再來遭遇。』

陸山這段採訪，在公關團隊的推波助瀾下，很快在網路上傳開了。

與此同時被傳開的，還有明禮中學的百人聯名書。

聯名書的具體內容圍繞相信陸星延升學考成績屬實展開，簽名的大都是本屆高三畢業生，其中還包括多位老師。

大家都願意為他作證，這一年半裡，他的成績的確有巨大進步。

而且聯名書末尾還附上了高二下學期至高三最後一次考試的全班同學成績排名。

為防止有人找碴，圖片左下角特地注明：成績單曝光已經徵詢全班同學同意。

其實昨天教育局的調查報告公布後，這件事在網路上早就已經反轉。

只不過還有少數陰謀論者在攪渾水，動搖官方公信力。

今天陸山的採訪影片傳到網路上，還有這份附有成績單作為證據的聯名書被擴散開來，網路風向已然有了顯著變化，事情反轉已成定局。

吃飯的時候，陸星延滑手機，也看到了這份聯名書。

他一頭霧水，還在想這是誰弄的。

往下翻，看到聯名書最前面的簽名，他頓了頓，下意識抬頭看了沈星若一眼。

沈星若邊夾菜邊與他對視，神色平靜。

這頓飯吃得就像往常放假的每個中午那樣平常，只不過飯後沈星若不肯再多留。

「裴姨，我弟弟今天去明禮見老師了，我還要接他一起回匯澤。」

裴月本來想說那接了他一起來吃晚飯，可想到他們家的關係，一時琢磨不透沈星若對她這弟弟是什麼態度，不好找理由再留她。

實際上，接不接對沈星若來說都是無所謂的。

陸星延出事前，她說好了帶方景然去看學校，但陸星延突然出事，她也沒那功夫，離開巴黎的時候和沈光耀說了聲，讓沈光耀再幫方景然重新安排看學校的事。

可沈光耀這幾天大概忙忘了，方景然電話裡的意思顯然是根本就沒收到這訊息。

剛剛心情不好訓了方景然幾句，但掛了電話，沈星若還是找了認識的老師去接應，緊接著又傳了訊息給方景然。

方景然倒是自在，說自己有認識的高年級競賽生，就那麼一下子的時間，人家已經約好了午飯，還說下午直接在高鐵站見面就好，他不想去陸家。

沈星若拿好行李箱，又再三道別，打算走了。

一直沒怎麼開口的陸星延卻忽然起身，「我送妳去學校。」

沈星若還沒應聲，裴月就先「好好好」地接上話了，「你也好多天沒怎麼出去，正好出去放放風。」

「對了，你剛不是說你的老師、同學還幫你弄了什麼聯名書嗎？那你順便去學校好好謝謝你們老師！」

陸星延點了一下頭，目光掠過沈星若，又上前從她手裡接過行李箱。

還是劉叔開車，兩人一路靜默，就像他們第一天一起去明禮上學時那樣。

劉叔在路口停習慣了，都沒想過把車轉進單行道。

兩人也沒提醒，就在路口下了車，沿著明禮的防護欄一路往前走。

盛夏香樟樹蔥綠欲滴，偶有微風吹過，除了帶開一片熱氣，也順帶裹挾來一些花草木香。

陸星延和沈星若並肩走著，步調一致，卻很沉默。

其實他們前段時間談戀愛的時候也經常這樣一起走，尤其是晚飯過後，兩人老是找理由往外竄，也沒做別的，就是很純情地手牽手，沿著落星湖散步。

此刻兩人的沉默和距離卻一直延續到了明禮校門口。

沈星若打電話給方景然，方景然出來，三人又折回路口上車，劉叔將他們送到了高鐵站。

到高鐵站後，沈星若和方景然下車，陸星延卻沒動。

姐弟倆往高鐵站裡面走，他也連頭都沒抬一下。

他不是冷漠，而是怕一抬頭，看到沈星若，他又要死皮賴臉把人留下。

他知道沈星若不喜歡他這樣，而且他也不想再這樣。

劉叔往後倒車，陸星延一直不看窗外，垂頭滑動手機，久違地點開了訊息。

這些天，除了沈星若那則訊息、其他訊息他都沒有看過。

這時在最前面的是李乘帆的對話。

李乘帆倒挺鍥而不捨，他一直沒回，還斷斷續續傳來了五、六十則。

前面很多則他都是掃了一眼，後半段的才認真看。

李乘帆：『你和沈星若是不是分了？她也真夠絕情的，我們傳那麼多訊息給她她半個字都沒回，氣死我了。』

李乘帆：『你人呢？吱一聲也好啊延哥，別頹廢！』

李乘帆：『！！！』

李乘帆：『我錯了，我收回說沈星若絕情的話！她今天弄出來什麼聯名信，找來我家讓我簽名！趙朗銘家她也去了！』

李乘帆：『天……你知道嗎？沈星若找了我們班所有同學簽那個聯名信，王思思她們她都去找了，而且王思思她們還真的簽了！這他媽要受多大委屈才能讓她們簽字啊？』

王思思是李聽的碎嘴小姐妹之一。

陸星延看到這，忽然一愣。

退出李乘帆的聊天畫面，他又打開了何思越的。

何思越也傳了十多則訊息給他，前面幾則是事情剛出的時候的安慰，後面三則發送時間就在兩小時前，內容很長。

何思越：『陸星延，你和沈星若是不是出什麼問題了？你可能不知道，因為你的事情，沈星若一個個找我們班同學，遊說大家簽聯名書，其實很多同學一開始都不願意簽，一是你平時的態度問題，你心裡應該有數，二是很多人怕簽了給自己惹麻煩，但我也不知道沈星若是怎麼做到的，所有同學都簽了。』

何思越：『而且她之前都沒有接受電視臺的狀元採訪，這次因為想幫你說話，重新又接受了兩家，但我聽星城電視臺的親戚說，政府這兩天下了公文，明令禁止這些官方的新聞媒體拿狀元做噱頭，所以最後可能播不了。』

何思越：『我不知道你們兩個是怎麼回事，就是好像不太對勁，如果出了什麼問題，能夠解決的話希望你們能夠好好解決，沈星若她可能不太善於表達，但她對你真的很好。』

——她對你真的很好。

陸星延盯著最後一行字看了好半天。

劉叔已經將車頭調轉過後準備回程了，他忽然喊了聲，「等等。」

他沒多解釋，拉開車門就往外跑。

其實他知道自己做不了什麼，但就是感覺自己應該要做點什麼。

好在沈星若和方景然動作不快，他跑上電梯到進站口，看見兩人還在排隊等著驗票。

「沈星若！」

沈星若稍頓，回頭看了一眼，然後她將行李推給方景然，讓他先進去。

方景然看了陸星延一眼，猶豫片刻，還是點了點頭。

陸星延追上前的時候有點喘，胸腔還在劇烈起伏。

沈星若朝他遞了張面紙，又問：「什麼事？」

他一直盯著沈星若，眼都不肯多眨一下。

其實明明就有很多話想說，可話到嘴邊，他又咽回去，讓步再讓步，因為他一點都不想從沈星若臉上，再看到那種失望的神情了。

好半天他才開口，說：「我把志願改回星大了，妳知道吧。」

沈星若點頭。

如果最後不是填了星大，這次的事情顯然也就不會鬧這麼大了。

陸星延舔了舔有點乾裂的下嘴唇，「沈星若，妳能不能先不要和別人談戀愛？我已經想好了，我打算也去參加個什麼夏令營之類的見見世面，然後大一我一定會努力讀書的。」

他的聲音帶了點他自己都沒察覺的小心翼翼。

「這些天我也不是什麼都沒幹，我查了很多資料，想等大二轉科系學金融管理，而且星大和你們P大有長期的交換生合作，能交換一年，大二、大三都能申請。只不過P大的交換生很熱門，我爭取一下，大二申請不到的話，大三我一定會申請到的。」

說完，他看著沈星若。

沈星若也看著他。

看了好一會兒，她問：「就這些嗎？」

陸星延點了一下頭。

沈星若：「那我答應你。」

陸星延又下意識點了一下頭。

不是，怎麼答應得這麼快？

方景然已經檢完票了，站欄杆那頭等了老半天，忍不住喊了聲，「姐！星若姐！」

陸星延回神，往方景然的方向看了一下，然後又和沈星若說：「那……那妳走吧，路上小心。」

忍不住又補上一句，「妳到了打個電話或者傳個訊息給我。」

沈星若點頭，「那我走了。」

陸星延摸著後腦勺，做出一副毫不在乎的樣子，「嗯」了一聲。

沈星若站著等了等，沒聽他再出聲，轉身走了。

陸星延就那麼目送沈星若驗票進了站，目送她和方景然往遠處過安檢。

然後一直不斷告訴自己，千萬不要衝動，能這樣已經很好了，沈星若不喜歡他總做一些幼稚的事情，他也不應該自私地絆住沈星若。

其實在升學考分數這件事出來前，他打從心底，就不覺得兩人已經分手。

總感覺分手只是一時玩笑，他志願改回來了，沈星若就會和他和好。

可偏偏經歷這些天，他無法再忽視自己從前的愚蠢和幼稚。

這些天他明明想通了很多事情，也下了很多決心，可也不知道為什麼，到了和沈星若做完承諾，真的要放她走的時候，心裡還是很難受。

就像電視劇說的那樣，難受到快要無法呼吸了。

想想也是好笑，一個大男人這樣，真他媽丟臉丟到了姥姥家。

直到再也看不到沈星若的身影，他才往回退了退，然後毫無形象地一屁股坐在驗票處外，垂著頭坐了好久好久。

想抽根菸，卻發現自己已經很久沒有買菸了。

劉叔打了好幾輪電話來催，陸星延看了一眼時間。

沈星若的班次，好像已經出發了。

他打算起身。

就在這時，有一雙白色球鞋猝不及防地映入了他的眼簾。

是很秀氣的款式，也很眼熟。

往上是光裸的小腿，直而白，再往上——沈星若朝他伸手。

白日天光刺眼，陸星延感覺自己的心臟彷彿，停頓了三秒。

大概是他太久沒有反應，沈星若乾脆也蹲下了，就蹲在他身前，垂眼拿紙巾，動作生疏地幫他擦汗。

他坐的位置後面有一扇窗戶，陽光從外面往裡傾瀉，落下一地窗格光影，逆著光，他也沒看清楚，總覺得沈星若眼睛好像有點紅，也不知道是不是錯覺。

「妳……妳的車不是已經走了嗎？」

「嗯。」

陸星延喉結滾動，「那妳……」

「我不想等你一年再談戀愛。」

——未完待續——

高寶書版集團
gobooks.com.tw

YH 076
草莓印（03）

作　　者　不止是顆菜
責任編輯　吳培禎
封面設計　陳采瑩
內頁排版　賴姵均
企　　劃　鍾惠鈞

發 行 人　朱凱蕾
出　　版　英屬維京群島商高寶國際有限公司台灣分公司
　　　　　Global Group Holdings, Ltd.
地　　址　台北市內湖區洲子街88號3樓
網　　址　gobooks.com.tw
電　　話　(02) 27992788
電　　郵　readers@gobooks.com.tw（讀者服務部）
傳　　真　出版部(02) 27990909　行銷部 (02) 27993088
郵政劃撥　19394552
戶　　名　英屬維京群島商高寶國際有限公司台灣分公司
發　　行　英屬維京群島商高寶國際有限公司台灣分公司
初　　版　2022年3月

本著作物《草莓印》，作者：不止是顆菜，由北京晉江原創網絡科技有限公司授權出版。

國家圖書館出版品預行編目(CIP)資料

草莓印 / 不止是顆菜著. -- 初版. -- 臺北市：英屬維京群島商高寶國際有限公司臺灣分公司, 2022.03
冊；　公分. --

ISBN 978-986-506-347-4(第1冊：平裝). --
ISBN 978-986-506-348-1(第2冊：平裝). --
ISBN 978-986-506-367-2(第3冊：平裝). --
ISBN 978-986-506-368-9(第4冊：平裝)

857.7　　111000668